橡葉飄落的季節

——園坵散記

冰谷◎著

常年炎熱如夏的南國，卻因橡樹每年落葉紛飛、滿山飄紅的苦旱而展露秋色；驟雨初降，枝椏上冒出鮮綠的新芽，彷彿春天到了。作者以廿五年的蟄居經歷完成這部園坵多層面的生活事跡，把古廟鐘聲、椰花酒廊、橡果爆裂、貍狐鳥猿、野店情趣……用精簡優美的文字作最真切的投視。

目次

【推薦序一】
從馬華散文史視角論《冰谷散文》

陳大為（臺北大學中文系教授）

　　冰谷（1940-）出生於霹靂州王城——瓜拉江沙，從小住在父親工作的橡膠園坵，在橡林與原始雨林間長大，生活十分清苦，剛上小學他便跟母親去割膠，下午才去學校上課。自然田園對年幼的冰谷來說，絕非浪漫主義文學的想像空間，而是謀求生存的野地，不斷累積生活中的苦難與悲歡。中學畢業後，冰谷在一九六二年獨自離鄉，到北馬的園坵擔任書記。大型園坵的規律生活和系統化的機制，深深地吸引著冰谷，嶄新的經驗工作，更為他注入寫作的新元素。

　　在一間五十年屋齡的鋅板小樓，冰谷每晚挑燈夜戰，寫下一系列《園坵散記》。在《星洲日報・星雲副刊》刊載後，得到很大的讀者回響，史學家許雲樵先生更是逐篇選入他主編的《南洋文摘》，冰谷的散文創作因而平添了無限信心和勇氣。這系列散文，後來結集成《冰谷散文》（吉打：棕櫚社，1973）。這部散文集出版後，受到許多評論家和作家的肯定，奠定冰谷在散文創作上的地

位。符氣南在〈膠林的世界——談《冰谷散文》〉裡表示：「他孤獨，但他有一顆不甘寂寞的心，有著一支鋒利的筆，於是，他在日子裡慢慢以筆畫出一個膠林世界來。膠林的世界，洋溢著一片綠色的生機，充滿鄉土氣息；這裡邊，有勞動者的歡樂和憂鬱，也有他們對生活的一股強烈的信心。」（《南洋商報・新年代》1973年6月4日）

趙戎在《新馬華文文學大系》出版後，才讀到冰谷完整的散文，他特別撰寫了一篇近四千字的評論〈略論冰谷的散文〉來討論此書。趙戎在文中指出兩個值得深思的要點：（一）「他出身於一個窮苦的農民家庭，所以在每篇作品裡都透露出農民的窮苦和對土地的依戀與生活的掙扎，在馬華散文作品裡，我從未見過有如此濃厚的綿密的深入的描寫。……一般矯揉造作的浮光掠影的描寫農村題材的作品，是不能和他相比的。」（二）「第二代的青年散文作家都是熱愛這赤道河山的，他們生於斯長於斯，對當地產生了無限的戀情，像一株生根於熱帶的植物，唯有依戀這土地的氣息。」（《新加報青年》第4期〔1973／10〕，頁18-19）

趙戎的第一點說得很對，冰谷在農村／鄉土主題上的創作，非常深刻，非一般作家可比。但鄉土氣息的背後，是否如兩位評論家的想像？勞動者對生活的感受和看法，以及作家對土地的依戀與掙扎，實況究竟為何？

當時年僅二十來歲的冰谷，並沒有刻意迎合寫實主義風潮，或熱愛土地的主張，他跟園坵根本就是先天上的生命共同體；從另個角度來看，年輕的冰谷是受困在枯燥、悶熱、艱苦的膠林中，不見

得會依戀這種從小過慣的苦日子，但掙扎就很難說了。膠林主導了也建構了冰谷的人生，它讓冰谷在散文中很自然、熟稔地經營一片自己的膠林世界，進而形成敘述主體的世界觀。

正如前文所述，書寫膠林不等於熱愛土地，更多的是宿命。〈陷阱的陰影〉（1963）記述了父親，也記述了雨林裡的重重危機；〈兩顆橡籽〉（1963）暴露了生活的血淚，對生活更談不上信心；從〈看戲的日子〉（1964）即可感受到園坵生活的單調和苦悶：

> 蟄居在園坵，整日所看到的盡是陰翳蔥籠的橡樹，所聽到的都是有關割膠的故事，生活就像一潭靜靜的死水，沒有什麼變化。園坵只有狹窄的紅泥土路，「巴士」除了一些人口眾多的園坵外，是極少通行內地的；工人呢，也由於深居僻壤，出入不便，因此，除非有要事，不然他們是不輕易下坡的。他們喜歡沉悶與寂寞嗎？不，不是的，人們嚮往活潑而多姿的生活，一如渴望瑰麗燦爛的彩虹，更何況割橡樹的生涯十分辛苦單調，因此工人也期待著排遣鬱悶的節目——看戲的日子。

〈野店〉（1965）亦透露了樣同的訊息：「蟄居在小鎮，鎮民常常唉歎生活刻板和寂寞。那幾排剝落且古老的街，行人寥落，一到夜晚，燈光暗澹，更加冷清。可是，他們有沒有想到有更多的人們，僻居在園坵裡，過著更加寂寞的日子？園坵只有一列列的工

人屋，幾間工廠，以及漫山黛色的橡樹，看呀看，早看得厭了，然而，也許是為了生活，他們似乎並不感到寂寞；工作後閒逸的時間，他們都排遣在野店裡。」相對於枯燥的園坵工作，看戲和野店帶來唯一的樂趣，從冰谷在描述兩個場景的語氣變化，即可感受出他內心的寂寥。這是成年人（真實的勞動階層）生活視野下，實實在在又赤裸裸的土地感受，跟評論家的臆想有很大的差距。毫無依戀可言，更多的是無奈。

冰谷在此建構的世界觀，是殘酷的，無法美化或歌頌它，只能堅強地面對它，在他筆下的二月橡林，真是一點都浪漫不起來：

> 二月的橡林，毒熱，蕭索，淒涼。熱帶的太陽，本來就炙得令人難受了，在亢旱的季節裡，偏偏橡樹又落盡了葉子，因此更熱得使人昏瞶。早上太陽遲遲才出來，可是露臉就萬丈光芒，彷彿太陽比平日大了好幾倍，把人們的眼睛曬得無法睜開；尤其是到了中午，太陽活像一條火龍，烈燄威迫得人們有如置身於火爐一般的難挨。

寥寥數筆，光禿禿的熱帶橡林，就非常立體地矗立眼前，隨即把讀者想像裡的所有水份烘乾。熱帶橡林根本不是中國傳統抒情散文或西方田園隨筆裡的桃花源，其中有太多不為人知的苦處。

冰谷拒絕陷於寫實泥淖的自由創作意識，加上純樸、細膩、輕重得宜的語言，讓讀者得以近距離瞭解各種悲歡交錯的生活細節。比較特殊的是季節的存在意義，終年如夏的大馬沒有真正的季節變

化，更談不上影響，赤道散文裡的秋冬，全是詩詞化的空洞臆想。〈雨季〉（1965）和〈橡葉飄落的季節〉（1966）卻生動地描述了因季節而產生的一連串工作內容上的改變，非常明顯的更替了園坵生活的步調和眾人的思緒。視覺與思緒的細節，皆是構成膠林書寫的重要元素，少了事物的細節，以及融注在敘述間的生存感受，這片膠林勢必流於「浮光掠影的描寫」。

最後必須強調的是，這並不表示冰谷致力於鄉土文學寫作，他只是在書寫自己的生活，園坵是唯一的舞臺，無論是寫〈廢墟〉（1965）、〈秤膠棚裡〉（1965）、〈橡菓爆裂聲〉（1965），都是現實生活悲歡交錯的一部分。冰谷以非常簡潔樸實的文字，以及緊扣著內在情緒起伏的語言節奏，寫活了園坵裡原本乏善可陳的細節。那文字，好比突破寂靜的橡菓爆裂聲，園坵故事因而豐富起來。如果換作另一位寫實主義的信徒，勢必填海造地，硬寫一堆資本主義者剝奪膠工的事件。冰谷並沒有那麼做，一切順題而寫，該寫的辛酸事，一件都不少；純屬虛構以抨擊現實的戲，半幕也嫌多。

數十年創作不輟的冰谷，另有散文集《流霞‧流霞》（1982）、《火山島與仙鳥》（2005）、《走進風下之鄉》（2006），以及四部詩集。《走進風下之鄉》是一部深具魅力荒野獵奇魅力之作，令人眼界大開，可讀性很高；但其少作《冰谷散文》卻蘊含著敘述主體與膠林園坵的真摯互動，無論生活情感、文字表現，或深刻度，都是一時之選，比起《走進風下之鄉》毫不遜色。從散文史的角度來看，它絕對是一九六〇年代馬華散文的顛峰之作。

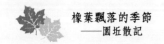
按：本文原為拙作《馬華散文史縱論1957-2007》一書中的部分章
　　節，因應《冰谷散文》再版之機而節錄出來，略加修訂，並
　　重新命名。

【推薦序二】

橡林之子的本色

昆羅爾（新紀元學院中文系講師）

　　橡林之子的冰谷，[1]出生在偏僻的橡林村莊，從小得在膠園幫忙，中學畢業後就挑起了生活的擔子在膠園工作，居住的生活空間是幽深的園坵，園坵既是他勞動的場所，也是他兒時的遊戲空間及教育場域，觸目皆是的叢林形構成他的原初知識，因此，園坵對冰谷而言不僅是一個客體，而是生活的現場，也是所有互動的源頭，正如他說的：「橡膠、可可、油棕等農作都曾經在我生活圈中積淀了許多終生難忘的圖景。」（2006）

　　冰谷也自言：「我是個成長於鄉野的孩子，知道什麼果樹開出怎樣的花，知道什麼果結在怎樣的果樹上，更知道什麼季節有什麼果」（1971），「那些是土穴中兇狠的蟋蟀聲，那些是樹上桀桀的夜梟聲，那些是草叢裏唧唧的小蟲聲，都一一熟記在我的心坎

---

[1]　「冰谷不愧是一位橡林的兒子。從我認識他那一年開始，到如今已有好多年了，他始終沒有離開過膠園。告別學校的門檻後，別人都紛紛出國，到海外去深造；冰谷卻回到膠園內去，把生活的擔子挑起，做個踏踏實實的青年。」（參見慧適《沒有雞啼的黎明》，頁26）

中。」（1966）橡林主導著冰谷的童年及世界，在園坵長大的冰谷，「知道廣大的橡野有無盡的寶藏；吃的利用自己雙手去摘取，玩的也由自己去創造。」（1965）於是當橡菓的「嗶噗嗶噗」爆裂聲響起時，貧窮的孩子懂得自己找樂子，於是他熟稔地「將一棵橡籽的瓢肉剜盡，鑽三個小孔，用薄竹片和一根細枝架成「T」字形」（1965）一粒堅硬的橡菓遂成了一架巧緻玲瓏的風車。由於常年蟄居在橡林裡，冰谷對於橡林是再熟悉不過的，這亦造就了他獨有的生命體驗，於是「蒼密的林間，只有／落葉最了解／我的心事／它在墜地前，必定／先敲我的窗扉」。（1994）

　　橡林可以說是冰谷最大的自然資源，也連帶了其他「自然」意象在創作上的使用，這些譬喻散見其各文本當中：「我已像一棵棕櫚樹般在風雨中掙扎成長。」（1966）、「妹妹與我，在古老廣袤的膠林中，不也是兩棵橡籽麼？」（1966）、「在沙巴蒼茫的深山裡／我也是一株／羊齒植物」（1993）、「父母年輕時飄洋過海，在一個長形如橡葉的半島登陸。……我像一隻林間孤獨的斑鳩，在不停的嘀咕嘀咕聲裡，童年的歡笑，少年的煩擾，眨眼間全然在叢林裡悄悄流逝。」（《蕉風》第496期，頁28）及「日子那小河流／從我臉上默然流過」（1977）等、甚至連賀人新婚都是以果實喻之「果實成熟的時刻／滋味撩人一如／今晚芳香而飴甜」（2004）。在這些樹的意象群中又以橡樹居多，如《血樹》寫的就是橡樹，這跟冰谷長年生活在膠園的經歷有很大關係，透過自然物種的擬喻，遂形成一套象徵符號，橡樹已不僅是植物而已，而是喻合了自己在生活線上的掙扎，坎坷的經歷，成為他書寫的特色；一

如他在副題注明「給自己」的〈橡樹〉一詩指出：「沒有一種樹／如橡樹／負傷累累／歷盡滄桑」（1990），完全就是他的夫子之道。冰谷甚至在〈八月風雨聲〉（1966）直接點明了，自己就是「屬於橡林的兒子」！

此外，園坵內不同種族員工的共事，多語交雜，也形成冰谷富有本土色彩的語言寫作，這裡有些是方言俚語如甲拉尼、囉厘、咕哩厝、山豬芭、拉士的、拉沙、死火、摩多西卡、拿督公、老爺摩多、吃風、吃老米、田雞、亞答屋、盲眼蛇、番鴨、蚊母鳥、丟那媽、椰花酒Todi等；有些則是園坵的工作術語如工銀、苗圃、壟、行頭、依吉、電石燈、頭燈、駁枝樹、標準膠（SMR）、粒狀膠、蟻酸（Formic acid）、電石（Calcium Carbide碳化鈣）、水泵、半日工、走火路、煙花膠片、芭場、囉哩、拖拉機、推泥機、神手、好年冬、抹杯子、甘文煙、水層皮、秤膠棚、椰花酒廊、魚鱗板、魚骨串、割果、搬果、起果等等，記載及保存了園坵用語及歷史記憶。[2]如歷經三次改革的割膠頭燈（2004），及英殖民時期的托兒所制度（2005）等的書寫，可說是部大馬橡膠史的微觀記錄了。

除了把自己在園坵故事如實的娓娓道出外，冰谷觀察入微，能感受其中的細細變化，並以簡潔生動文字進行書寫：「橡葉無聲

---

[2]　在此分享一段筆者與冰谷通信而得到的內容：「其實《冰谷散文》中的園丘紀實並不完整，有很多重要的題材遺漏（事實當時自己並不重視這些習作），比如〈椰花酒〉、〈彎河的故事〉、〈酬神的日子〉所記在我國園坵裡，是非常非常普遍的生活環節，如今幾乎走進歷史。我與服務的園主仍維持良好關係，但今天我走進那個園坵，膠樹已經絕跡，九成員工是外勞，我發現我的園坵文字竟成了一部「橡林的歷史記憶」，〈沒有黃昏的日子〉、〈猢猻〉、〈盲眼蛇〉、〈蝙蝠與果子貍〉幾篇，是棕櫚社出版時限篇幅抽出的，增訂版的《冰谷散文》、《園坵散記》（《橡葉飄落的季節》補回去。）」

無息地成長，壯大，由淡青色的小葉片逐漸演成深綠色的大葉片。
橡樹也在日子的嬗遞中萎棄了她底花瓣，讓雄性的花蕊投入它底胚
珠結成顆顆橡果，這些綠色蒂長的橡果一顆顆懸吊在幼枝上，……
到了八月，橡果漸漸改變了色彩，綠色的外皮皺成了淡褐色，果殼
堅硬，硬殼內四顆橢圓形的橡籽不再是乳白色的軟體物，而結成了
斑駁堅實，色澤鮮艷的種子了。」（1965）這已是非常細膩的自然
觀察了，沒有長期生活在橡林的經驗或凝視是不可能有如此精彩的
描寫。同時與自然接觸久了，冰谷也「能辨音知鳥，有時乍聞啪啪
的振翼聲起自叢林，還未傳來啼聲，即已知是鸚鵡、犀鳥、斑鳩、
山雀或野鶴。從翅翼的震聲輕重，大小、沉著、長短，也足以判斷
鳥族種類，甚至它們的體型大小。當然，啼聲是易讀的分辨法。」
（《蕉風》第496期，頁28-29）而在園坵巡視工作時，他時刻都要
留意天空上雲朵的變化，蠡測雨水是否會落到橡林而改變工作的方
向，但在八月的雨季裡，雨腳就變得飄忽且難以揣測了，「明明是
陽光滿地，剎那間黑雲密佈，把太陽隔在雲外。」（1966）只要手
握膠刀，冰谷並不畏懼於生活的艱困，奈何在愁悶的雨季及落葉季
節裡，不能出門工作，生存的迫切如何不讓他焦慮呢？生活方式的
不同，季節在他的心中的認知也就不同了。一如二月的橡林，在冰
谷心中是蕭索淒涼的，不僅僅是橡葉落下的變化所致，更是膠工們
「手停口停」的生計憂患（1966）。

　　是的，憂患。冰谷也曾直言童年的憂患，讓他對膠林的苦難特
別動容。[3]七歲就跟著母親到膠林找生活，上學時又得「趕好幾哩

3　伍燕翎主編《未完的闡釋——馬華文學評論集》，吉隆坡：馬來西亞華文作家協
　　會，2010，頁164。

盡是橡林的夜路」（1966），工作後更是深層體會到橡林與他的切身關係，雖然艱辛，但這些經歷卻也成就了他書寫中的悲憫之情，讓他感同身受工人們的憂慮，和反思生命的體驗等。

　　所以，橡林之子的本色不僅是與其出生有關，[4]更多的指向是指其在自然意象、語言文字，自然的觀察及認識，同時更和其生活的傷痕有著千絲萬縷的牽連，無怪乎吳岸會如此評價：「在大馬文壇中，我想很難找到第二位像冰谷這樣與橡膠樹有如此血脈相連的詩人了。」[5]

按：本文原為在馬來西亞第三屆馬華文學國際學術研討會發表的拙
　　作《園坵的紀實故事——論冰谷作品中的自然書寫》中的一
　　節，因應增訂版的《冰谷散文》（《橡葉飄落的季節》）再版
　　之機而節錄出來，並略加修訂之。

---

[4]　「母親，我從小就喜歡歌讚生活與勞動，你說這是不是與我的出生有關呢？」（1964）
[5]　冰谷《血樹》，吉隆坡：大馬華文作協，1993，頁第6。

【再版序】
紀實與歷史

冰谷

　　我在鄉間出生，也在鄉間長大。幾乎無論我的腳步落到哪裡，重重縝密地將我圍繞的總是綠意盎然，搖曳生姿的橡膠樹。

　　深居橡林當然是從事割膠業。從前父母先後離開原鄉，由窮鄉僻野投奔南洋，雙親因為沒有進過學校而被迫百般無奈握膠刀。他們依靠膠乳為家庭兒女打拼了一輩子，來到第二代的我以為接受了中等教育，抱著一紙文憑走出校門從此揮別橡林，進身變為藍領階級；無奈事與願違，橡樹竟與我不捨不棄，長期行影追隨。我的步履伸進了一片更廣袤更偏遠的膠林覆地，兢兢營營地度過二十五年也風也雨的、沒有黃昏的日子。

　　雖然今生居城無望，所幸與林木有緣，心裡倒無半點失落或沮喪；漫漫的人生旅途中四處有林蔭護航，也涼快也清爽，而且感覺日子過得蠻心安理得。

　　雖然一樣是綠樹遮天蓋地，四野茫茫，但大園坵的氣度與生活版圖卻另成天地，給我予無限的學習和成長空間；走出青少年時代

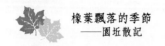
茫無頭緒的小園林，跨向一個制度化行政與規律化管理的大園坵，不單深化了我對橡林的體驗與認知，也同時讓我對園坵多層面的環境理解得更透徹。

時序的變化與季節的嬗遞在橡林裡自成風景，寒風綿雨、乾旱燜熱、葉落葉長，都在循環不息地揉合著歡樂與悲涼的點點滴滴，深情地敲擊我的思維與行動。全然投入一個可以點燃生命的園地，攸攸廿五年，換作思構敏捷和靈感飄逸的作者，不會只完成這區區幾十篇叫人汗顏的短文。

在兩千三百英畝的林野間波動，第一次獨居高腳板樓要自備水電，夜晚充氣點燃煤油燈，孤燈獨影地渡過了寂寞的五年，依然於惡劣的環境裡漫遊在稿紙方格中。第二次搬遷的舊板屋建在彎河岸邊，門前就是坦直的紅泥路，每年的旱季和雨季就憂心忡忡，豈僅是我，園坵超過半數居民在風沙與水患交遞中倉皇拼搏，都要連續幾個月的憔慮防守才從恐慌中走出陰霾。我與風沙兼水患糾纏了十五個春風秋月。第三次入主有綠色籬笆圍繞的紅瓦樓房，樓外密植了熱帶果樹，果實成熟的季節周遭飄滿馨香。那是我以廿年苦心磨練後獲得的回酬，有幾分甜滋滋的感覺。可是梁園雖好，卻非久留之地，不久我離開了這片綠色園林，邁向另一段更縝密更廣袤的原野。

不只是季節隨時序而變更，環境與時事也在不斷呈現新的地貌，在靜穆中或許令人無法窺視與覺察。所有的這些更替和變化，有正面的時代進步也同時融合著負面的退化影子。疏雨驟風裡的感觸，落葉斜陽裡的抒懷，當年只是生活寂寥時隨意的填補，沒有任

何文學上的企圖。真是無心插柳，因為環境的變遷與橡樹的消逝使這些園坵散記轉成歷史的紀實。當年這些篇章斷斷續續在星洲日報〈星雲副刊〉發表後，獲得文史雜誌《南洋文摘月刊》逐篇選錄，足見該刊編者具有歷史遠見，預知園坵的景象一旦消逝即無法還原，唯有文字的敘述可以追憶。

因為今天變為綠色的那條曾經是園坵分界線也是生命線的彎河，已遭貪婪魚蝦的獵人以農藥餵捕，園坵不得已棄用河水另覓水源，這樣彎河更毫無忌憚地被踐踏，魚蝦逐漸消逝了，龜鱉也難於繁殖。環境的激烈污染無疑都是人為的，來自天然的彎河最先改變了面貌。

來到七十年代，粒狀膠（也稱馬來亞標準膠SMR）的研發結束了煙片膠長期的霸業，膠乳汁從此送去粒狀膠製造廠提練，本屬園坵重要管理部門的膠片廠和燻房，淪落為窩藏老鼠蟑螂的廢墟；某夜風暴燻房轟然傾塌，膠廠徒留下滄涼的框架，在歲月裡嘆息！

從瞬息無常的角度觀之，世事無時無刻不在變幻。今天我再踏進這片園地，不但已不見紛飛的落葉迎迓，同時也聆聽不到橡果嗶啪的爆裂聲自枝頭蕩開；物換星移，叱吒風雲百年的橡樹終就被時代淘汰了，棕櫚樹以更雄偉傲然的立姿盤據了這片土地，隨風高舉勝利的綠旗。

跟著橡樹消逝，「咕哩厝」住滿了外來移民，不同的宗教文化習俗形成了另類風景。椰花酒廊最先舉行了告別禮，印度神遊、走火路、露天電影等每年眾目期待的系列傳統歡慶，只能鑽進時光隧道裡回味，或咀嚼。年老的已歸塵土，年青人嚮往城鎮，廟院朝晚

的鐘聲逐漸稀落，我擔憂有朝一日古廟也經不起歲月淘滌，像膠片燻房一樣，半夜裡轟隆傾倒。如果說這是園圻的歷史，一個朝代就此崩潰了，留下斷垣敗瓦讓後人憑弔！

這些紀實文字，是我當時的生活素描，瞬息間竟成了歷史。

2010年10月20日記

【原版序】
煤油燈下的思索

冰谷

能有機會把自己的習作編印成書，總是一件樂事。

從文字的組織上言，寫作並非難事，但要與繆司長期廝守，則須具有百折不撓的意志。因為寫作的道路曲折而漫長，又沒有甚麼捷徑可走，其中的苦辣辛酸，非局外人所能想像。所以，不少人才起步就聲消跡滅了，也有人半途而退縮。

而我，卻是斷斷續續，時寫時停。

活在現時世界裡，物質享受已達到了巔峰狀態。歌台舞榭的繽紛就像大鱷魚的巨爪似的拉緊每一顆人心。想想，在如此的境況中，一個人不受外來的誘惑而在孤燈下搜索枯腸地「爬方格子」，豈是僅僅依靠一點天真或興趣便可做到的！因而，一篇作品之思構過程，乃萬劫不死之靈魂的蘊育，是忍受千萬寂寞的熬煉而向邪惡作頑強的敲擊。

良好的生活環境，並非寫作的先決條件。這是我本身的體驗。六五、六六兩年，在圍坵北區一間年久失修的陋屋裡，在沒有親友

促膝暢談的孤獨中，夜夜，在熒熒如豆的煤油燈下忍受著群蚊的侵擾，我竟寫下了本集中大部份習作。

我把本書按其性質約略分為三輯，輯中各篇以發表的先後為序。若從第一篇〈烏鴉〉（六一年十一月）算起至最後一篇〈雨和淚〉[6]（六七年十二月）為止，其間相隔竟達五年之久。五年中，我寫下的自然不止此數，但編選之際才感悟到原來自己浪費了太多的墨水與文字。至於近年來的習作何時才有機會與讀者見面呢？這，委實難以臆測。

寫作了那麼久，最令我悲哀的是迄今仍未有一篇作品使自己真正滿意過。這並不是謙詞。

我重視傳統，但並非抱殘守缺的人。我讀朱自清和徐志摩，也讀現代主義作家的創作。只有通過了深入瞭解，才能擴大自己的視野，進而提高作品的深度。

這是我歷來所持的寫作態度。

1971年11月26日於美濃雙溪邦谷園

---

[6]　〈雨和淚〉本書沒有收錄。

第一輯
沒有黃昏的日子

那繽紛的日子遠去了,同窗的音容
也逐漸模糊了,但我堅信別後他們
可以從生活裡享受更多美麗的黃
昏,接近更多彩霞燦爛的日子。

夜路

　　也許自己命途多舛吧，為了生活，我天天要趕夜路，不管是星月照徹天幕的晚上，或是風雨雷電交橫的黑夜。

　　路，永遠是那麼顛躓崎嶇，凹凸難行，旱天裡沙塵飛揚，滾滾有如陣陣紅霧；霪雨的時候卻又處處積水，一片泥濘，好像塘底汙濁的爛泥淖。

　　一個人走這樣的路，本來已夠淒涼了，不是麼？何況又是在四處靜寂，沒有人跡的黑夜裡，只有自己敲響泥路的跫音，在漫長的夜晚，延展在眼前的路就彷彿更其長遠而彎曲了。

　　是晴朗也吧，陰雨也吧，橫豎這和我都沒有多大關係，只要太陽疲憊地躲到遠處的山背，大地垂下了黑幔，即是我踏上征途抖擻精神趕夜路的時刻了。

　　「見到你夜夜趕路，我就為你耽心。」

　　「這裡多熱鬧，何必回去山居孤獨自己！明天一早才回也是一樣嘛。」

　　聽見朋友這樣說，已經不只一次了。其實有誰願意孤獨自己，有哪一個人喜歡趕寂寞又荒涼的夜路呢？不過，現實是冷酷無情的，在生活的鞭影下，很多人被迫走著艱難而危險的路，路上可能出現魍魅魍魎、豺狼猛獸；路上也許尚佈滿著陷阱與深溝，也許荊

棘蔓草長得比人高，有蛇蠍出沒。然而許多人卻為著生活，不得不冒犯兇險，在艱困的路上風雨無阻地踽踽獨行。

這樣的路，比起我走的夜路，更其荒涼千萬倍嘍！

我被迫在夜裡趕路，正如我的窮困一般，是與生俱來的。在我童年的記憶裡，我已遍嘗趕夜路的滋味了。如今我猶清楚地記得，那時我只有七歲，每天黎明前便陪著母親到黑沉沉的膠林去找生活。通向膠林的那條山徑不但蜿蜒曲折、碎石狼藉，而且兩旁的茅草和荊棘長得特別茂盛蓬勃，比我高出許多倍。

在十歲那年我投進學校的懷抱了，但窮困迫我走更多夜路。那時我還不會踏腳車，每天步行到五哩外的小城去求學，因為讀的是下午班，到了放學的時刻太陽已經暗淡了，膠林的山徑又不能通行汽車，所以我天天要背著書包，一手拿雨傘一手攜電筒，和另外兩個小朋友，趕好幾哩盡是膠林的黑暗的夜路。

膠林的夜路，荒涼而清淒，膠林的夜也多少凝結著恐怖，尤其在年幼孩子的心目中。所以有時聽到夜梟的叫聲，或是山貓野狸的嘷叫，常常嚇得拔腳奔跑，回到家裡冷汗還冒不停呢！

我是一個歷經憂患的孩子，永遠忘不了那童夢裡的滄桑，對於趕夜路，早已不再陌生、早已不再感到驚慌與恐怖了。雖然時時聽到有人說那一段路發現過鬼魅，那一處深壑出現過幽靈，但這都無法動搖我趕夜路的信心與勇氣！

如今，我已像一棵棕櫚樹般在風雨中掙扎成長。我已習慣於在黑夜裡摸索，在迢迢而荒僻的夜路上踽踽獨行。窮困鍛鍊了我的膽

量，生活磨壯了我的雙腳，我不再以趕夜路為苦，反而學會了利用夜路的寧靜來沉思。

　　一個不畏黑暗，勇於向夜路奔去的人，黎明將永遠等待他。我這樣希望和祝福著。

　　　　　　　　　　1966年5月3日美農雙溪邦谷園
　　　　　　　　　　1966年5月13日星洲日報〈星雲〉版

八月風雨聲

晴朗而又飄香的七月才搖響告別大地的鈴聲，八月，這惱人的季節，又挾著風暴和雨聲，挾著花草的哭聲和樹葉的哀歌，侵襲我國西海岸的土地了。

飄落的七月，是令人懷念而欣慰的月份。別說繁多而使人垂涎欲滴的果實，給人帶來歡笑的花朵，單就頭上那撩人思維的晴和的藍天，就夠你寫詩同舞蹈了。

但是，七月已經雕刻在歷史的記憶裡。如今已是空穹陰晦，風雨飄搖的八月了。

我說八月是惱人的季節，也許有人會反對的，在米鄉遼闊無垠的田野上，這時農家不是正忙於插秧，埋下他們希望的幼苗嗎？然而，我是屬於橡林的兒子，由於生活方式的迥異，八月在我心扉的感應也就不同了。

「舞文弄墨的，最是無病呻吟，喜歡把日子分成許多季節，其實熱帶從年頭到年尾，草木終年長青，那裡有什麼季節之分呢！」

一個朋友曾經這樣對我說過。我沒有反駁，只默默地含笑。歡樂同悲哀，都是內心感受的自然反映，對一個陌生於橡林生活的人，我如何去向他敘述八月風雨的愁緒呢？

此刻窗外風雨呼嘯著，空穹是那麼陰霾昏沉，從晨早到現在太陽還不曾露過臉。這陣雨從什麼時候開始，我說不出確實的時間，我只知道昨夜我曾被風雨驚醒，直到現在風雨依舊嘩然，沒有絲毫放晴的跡象。

夜來風雨聲，不只擾人清夢，而且令人感覺憂傷和煩惱，尤其在八月多雨的季節裡。比如昨夜，我從夢中醒來，打窗的風雨頻緊而激烈，狂傲地唬唬咆哮，彷彿有一群面目猙獰的魔鬼在黑夜中疾馳而過；粗大而笨重的雨珠落在屋頂上振耳欲聾的嘩響，好像是無數的頑童對著屋子拋擲石子，而每一顆雨珠就像一枝銳利的箭，射進我心坎的深處。我想著：喜歡在陽光下揮汗的人群，明朝又被風雨鎖住生活的行腳了。

對風雨最感到煩憂的，該是常在膠林裡過著貧困而辛酸的日子的膠工了。因為雨天阻礙了他們的工作，不能在橡林裡向生活張帆，無奈躲在屋裡對天唔嘆；唔嘆又失掉了一個工作天。所以，多雨的季節，是一個暗淡的季節，八月淅瀝的雨聲，就像膠工撼人肺腑的悲歌呵！

我天天在園坵裡巡視工作，奔波於樹與樹之間，對風雨的感受自然和膠工沒有異樣。在巡視橡樹的同時，我更要留意天空雲朵的變化；在風起雲暗的時刻，蠡測雨水是否落到橡林，然後決定工作的方向。而在雨季裡，雨腳總飄忽得令人難以揣測；明明是陽光滿地，剎那間黑雲密佈，把太陽隔在雲外，「嘩啦嘩啦」的風雨就緊接著蹂躪大地了。

八月，就是這麼惱人的季節。

現在是八月，風雨又在西海岸呼嘯了，聆聽著窗外的雨聲，我有滿懷的愁緒，不知道這困人的風雨要連綿到幾時？

1966年8月8日吉打美農

1966年8月13日星洲日報〈星雲〉版

看戲的日子

　　蟄居在園坵，整日所看到的盡是蔭翳蔥蘢的橡樹，所聽到的都是有關割膠的故事，生活就像一潭靜靜的死水，沒有甚麼變換。園坵只有狹窄的紅泥土路，巴士車除了一些人口眾多的園坵外，是極少通行內地的；工人呢，也由於深居僻壤，出入不便，因此，除非有要事，不然他們是不常進出城鎮的。

　　他們喜歡沉悶與寂寞嗎？不，不是的，人們嚮往活躍而多姿的生活，一如渴望瑰麗燦爛的彩虹，更何況割膠樹的生涯十分辛苦單調，因此工人也期待著排遣鬱悶的節目——看戲的日子。

　　「今晚做戲了！」每次，你會聽到不止一人這麼說。這句簡短的話語，代表著他們的渴望是何等懇切，何等期待，也顯示出心情的振奮。

　　園坵的影戲，多數在每月發薪後放映。當夕陽沉落了山頭，夜的黑幕撒下了橡林，影戲就可以開始了。雖然，每每所放映的都是輪迴了幾十遍甚至幾百遍的舊片，沒有廣闊的銀幕，沒有座位，可是，工人同樣帶著愜意的微笑，在露天濡濕的坪地上舖一張報紙，坐下來欣賞這難逢的享受。

　　不需要張貼廣告作宣傳，不需要分發招徠單子作故事簡介。一個園坵只要有戲放映，戲迷總是擁滿草坪。影戲還未開始，觀眾隨

著播放的音樂聚集過來了：大多數來自鄰近的園坵，也有少部份從偏僻的甘榜[7]趕來。大家都扶老攜幼，高高興興地談論著，彼此交換工作的心得與苦樂，生活的疑難和愉悅。因此，看戲的日子不只豐富了膠工的生活情趣，同時也是他們互相祝福與建立深切友誼的橋樑。

為了天天早起，以便翌日在熹微的曙光中走向生活，膠工都有早睡早起的習慣。因此，園坵之夜，除了不甘寂靜的豸蟲在草叢中鳴叫，以及偶然聽到一兩聲橡實爆響之外，一切都是寂寥的。

可是，看戲的日子則大不相同，家家宿舍依舊亮著燈光，彷彿欲將無邊的黑夜驅出橡林。在張起銀幕的坪地上，朦朧的燈光照著朦朧的人影。小孩子呢，今晚自然是最快樂的了；雖然他們不是最虔誠的觀眾，卻像過年過節一樣，穿著漂亮的衣服，在人潮中追逐嬉戲。

在熱鬧靜謐的小鎮，酬神的日子，人們總喜歡在密密的銅鑼聲中，如浪潮一般湧入廟前觀看酬神戲。居住小城的日子，我雖然也曾經不只一次站在舞臺前，但都是隨眾湊熱鬧而已，不曾真正專注舞臺上的演出，除了對千篇一律的故事缺乏好感之外，那緊密如雨的銅鑼聲對耳朵有種受罪感。因此，我只算是廟戲匆匆的過客。

自從投身在園坵之後，孤居的日子迫我忍耐寂寞。遇上熱鬧，自然而然走進群眾，尋找活動的小小空間。所以，我變得如膠工一樣，無時不在盼望看戲的日子。是影戲裡的故事吸引了我麼？是廉價的收費誘惑了我麼？不是，都不是。而是我喜歡插身於工友之

7　甘榜kampung，馬來語，指鄉村。

間，去描繪那一張張被陽光烤曬過的臉譜，去緊握那一雙雙受生活磨鍊過的手。藉此讓我的人生旅程更加精彩！

今晚，燈光又在那不知映過多少回影戲的坪地亮起來了，工人們也從四方八面趕過來；有的已經選擇好適當的角度，靜靜地守候影戲的開始；有的在高談闊論，也許正講述一個比影戲更動人的故事哩！

模糊的燈光，疏疏落落地點綴在擁擠的人群裡。這不是路燈，是賣零食小檔的燈盞。有賣沙爹的，賣冰水的，賣麥粥的，賣麵條的，賣拉沙的[8]。賣者都是膠工，他們趁這難逢的日子，當一晚臨時小販，賺幾個小錢。雖則這都不是他們的本行，但你不必懷疑他們泡製的功夫，可能他們其中有的從前曾經是沙爹或拉沙的名手，後因環境關係而移居到園坵來，亦未可料及呢！

一陣響亮的掌聲過後，影戲開始了。在幌動雜遝的人影裡，我獨愛竚立於陰暗之一隅，看看片子上的出現的人物，瞧瞧銀幕前觀眾的神態。不管上映的是那類影片，幕前永遠少不了華巫印三大民族，都是日裡在膠林揮汗的同工友伴，於同一條線上踩踏朝露晨靄的人。我想：在城市堂皇舒適的戲院裡，那裡去尋找如此眾多民族的觀眾？也許，園坵看戲的日子，還是不同種族交流與和諧共處的生活縮影呢！

儘管我不喜歡那內容空泛的打鬥片，儘管我討壓那中途要剪貼的舊片子，我承認，我仍是十分期待看戲的日子的，因為那一天所

---

[8]　沙爹sate是雞肉或牛肉串成的燒烤；拉沙laksa是一種粉食，味辣。兩種都是馬來族著名的小食。

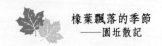
有的膠工都盡忘白天工作的煩惱,所有的觀眾的臉廓綻開燦爛的微笑,像鮮花那樣!

而我更冀望的是,將來的影戲中,會出現碧翠遼廣的橡林,還有膠工載歌載舞的場面。園坵裡原本就演過很多可歌可泣的故事,發生過不少撼人心弦的事跡呵!

1964年3月《蕉風》第137期

2010年4月29日修定

野店

　　蟄居在小鎮，鎮民常常唉嘆生活刻板和寂寞。那幾排剝落且古老的街，行人寥落，一到夜晚，燈光暗淡，更加冷清。可是，他們沒有想到有更多的人們，僻居在園坵裏，過著更加寂寞的日子？園坵只有一列列的工人屋，幾間工廠，以及漫山黛色的橡樹，看呀看，早看得厭了，然而，也許為了生活，他們似乎並不感到寂寞；工作後閒逸的時間，他們都排遣在野店裡。

　　我工作的園坵相當大，但奇怪地野店只有那麼一間，雜貨店是它，茶檔是它，菜攤也是它，倒稱得上「麻雀雖小，五臟俱全」。所以，無論你是買雜貨、買蔬菜，或想喝杯咖啡，都可到野店去。

　　不過，到野店去的人，並非完全為了買貨；喜歡讀報的，準備聊天的，都以野店做聚散點，尤其在入夜那段時辰內。因為住在園坵，不像住在城市，夜來無事，可以打發在娛樂場、電影院裏。園坵交通不便，入夜以後更無車輛通行，人們自不會外出，於是，就讓時間消磨在野店裏了。

　　悶熱的天氣，晚餐後最令人想起納涼，於是搖著蒲葵扇，走過那段紅泥路，工人便是這樣不約而同地進入野店來。野店是鋅板蓋頂，木板為壁的，一切都簡陋，招待顧客的是，幾張長形木桌，幾

張長凳，人們並不計較這些，一坐下去，話匣子一打開，就上下古今，無所不談了。

有人說：「人對於食，還可馬虎，但對於說話，卻非痛快不可」這是句的的確確的話，我在野店裏體會了它。薛仁貴征東，三國演義，梁山伯與祝英台，牛郎織女……等通俗故事，在野店演述過；有人更愛敘說他們生平所經歷的傳奇故事。我就曾經在野店裏，聽一位老前輩講述他在年青時，在滿天飄揚的太陽旗下，毅然沉著的抗暴史實。

我曾怨懟過園坵的生活寂寞。回想二年前，我孤身隻影投奔到這裡工作，人地生疏，一切困難，那時大有「不如歸去」之意，幸而有野店作橋樑，使我在短期間結識了不少朋友，今天我已像一棵橡樹，根鬚深入了這園坵的泥層，再也拔不起來了。這不能不說是野店的賜予呵！

不錯，園坵的生活是寂寞的。在寂寞的境域裡，野店不只替工人平添了不少的生活情趣，它同時也是一座小舞臺，每個工人都是觀眾，也是演員。我希望在三、四十年後，自己能以長輩的身份，在野店裡向年青的一代，演述我們現時抵禦侵略[9]的光榮史實！

1965年5月杪於雙溪邦谷園

1965年7月7日星洲日報〈星雲〉版

9　1963年馬來亞，沙巴和砂拉越組成馬來西亞，簡稱大馬，引起印尼的不滿造成對抗，局勢緊張，曾經兵戎衝突。

歷盡滄桑的野店

廢墟

　　這個園坵不小但也不算很大，可是卻分成三區——總區，南區和北區，也許是為了管理方便吧！

　　總區和北區是以一座山嶺為分界；山嶺以南是總區，人口雜眾；山嶺以北為北區，只有上百家巫人同印人。

　　這山嶺其實並不十分高峻，汽車不必放足馬力就能爬過，不過踏腳車卻非下來推行不可。

　　在山嶺上，有一片沒有栽種橡樹的曠野，面積不大，有兩英畝左右，密密麻麻地匝滿灌木和莽草。「園主怎麼會浪費這片地？」每次推著腳車上山嶺，我總有這樣的疑問。後來別人告訴我，那是一片廢墟，因為歲月湮久，草木橫生，將它斷牆敗垣的面目遮蓋了。

　　那時我剛飄泊到園坵不久，在北區擔任書記的工作。其實，我除了早上巡芭三小時，中午秤膠一小時留在北區之外，白天我常在總區。因為這裡比較熱鬧，也有促膝暢談的朋友。

　　有一天，我在巡芭之際，有割膠工友向我訴苦：他們帶來的菜飯和餅乾被猴子偷吃了，茶水咖啡也被牠們踐踏。聽了膠工的投訴，我自告奮勇，向經理借了獵槍，隨同一位工友，找那群猢猻算賬。果然在廢墟附近發現了牠們的蹤跡，誰知我才從肩上把獵槍取

下，子彈還沒有上膛，幾個奔跳，牠們已經藏匿到廢墟的雜樹叢中了。我還不死心，決意直搗巢穴，可是跟隨的工友卻裹足不前了。

「廢墟有厲鬼，我不敢去冒犯！」接下去他還說，「這裡附近工作的人都見過，很恐怖的，我們最好別去惹麻煩。」

又說：「有一次深夜我從總區回來，到了這裡，廢墟那邊飛來幾點幽光，飄飄蕩蕩，我知道遇到鬼火，拔步飛跑，還嚇得病了一場。」

見他不肯往前追，我只好作罷了。

後來我四處打聽，從一位園坵出生的老人口中知道，原來以前的洋人園主在山嶺建了一座「食風樓」，一九四一年日本鐵蹄入侵馬來半島，洋樓遭炸毀，聽說還有人被炸死。這座曾經傲立山嶺的建築，飽受無情戰火洗劫復遭歲月風雨剝蝕，漸漸地瀰漫著恐怖的陰影；加上斷牆敗垣，沒有橡膠樹濃蔭密蓋，荒蕪久了，雜木藤蔓芒草叢生，早已變了一片廢墟。

我在園坵工作，最令我煩惱的是每夜要回到北區住宿。這裡沒有水供，沒有電流，倒還是其次；這區我是唯一的華人，找不到足以傾談的友伴，確使我有被遺棄邊緣的悲涼感！

那時我雙親仍在小城，我在園坵孑然一身，每天傍晚在野店吃了晚餐後，還沒來得及喘一口氣，就得急急跨上那輛咿咿呀呀的、搖骨器似的老爺腳車，踏三哩長的紅泥路，回到北區的板樓。

漆黑的紅泥路又彎又曲，踏著踏著，平日倒也沒有什麼感覺，自從洞悉了「鬼域」的秘密後，每當推腳車上山嶺，心中難免有一陣陰森感。雖然我不信世間真有鬼怪，但許多人都繪形繪影，煞

有其事,而那片廢墟的確又是那麼荒蕪,不禁叫我在孤旅中忐忑不安。

幸虧每夜回家,都平安無事。

有一次,為了趕賬目,我比平時遲歸,當我把腳車推上了山嶺,突然間廢墟附近的叢草中閃出兩團黑影,我以為這回真個撞見鬼了,就在這時,只見兩把閃亮的尖刀堵住我的前胸,原來不是什麼鬼怪,是打搶的歹徒。

昨天新園主顧了一輛剷泥機,把廢墟的荒草雜木清除了,斷牆敗瓦也一併剷平,從此廢墟存積在人們中心胸的陰影,也該煙消雲散了吧?但是,我卻無法驅逐那一道遭洗劫的傷痕。

人間其實並沒有鬼,倒有不少人扮起鬼怪,幹下可恥的鬼勾當!

1965年7月10日於美農雙溪邦谷園
1965年7月21日星洲日報〈星雲〉版
2010年4月28日重修

橡果爆裂聲

「嗶噗⋯⋯嗶噗⋯⋯」

「嗶噗⋯⋯嗶噗⋯⋯」

從八月到十月，遼廣的橡林裡有一種清脆悅耳的聲響。膠工們知道，生活在園坵裡的人們也知道，那是橡果的爆裂聲。

這種聲響，多少都帶給膠工們一些喜悅：落葉的季節已遠去，努力吧，膠樹正處於豐產時期了。那是一種暗示，亦是一種預告呵！

提及落葉，膠工們就一籌莫展，心坎裡就泛起陣陣餘哀，正如漁夫們聽到「封港」一樣心驚膽跳。但是，無可逃避，每年總要經歷那段淒涼的日子。每年總得馴服於季節無動於衷的摧殘。

「嗶噗」一聲，又一顆橡果爆裂了。還是不要想及那慘淡的記憶吧！要想要想橡果。想橡果在過去的日子裡從一朵小花蕾結為今天堅硬無比的果實。

年年三月，膠林四野如焚的三月，當橡葉完成了最後一片落葉的葬禮，在風雨頻繁的迫促下，很快地，枝頭又茁長了新芽，細細嫩嫩的新芽。

這時候，緊追著嫩葉顯現在枝椏間迎風搖曳的是成串成串的橡樹花，是淡黃色挺著細細的花蕾的橡樹花。風起時，「沙沙」聲一陣一陣像蒼穹灑下流星雨，小黃花落了一地。

在陽光和雨露的滋潤下，橡葉無聲息地成長、壯大，由淡青色的小葉片逐漸演成深綠色的大葉片。橡樹花也在日子嬗遞中萎棄了它底花瓣，讓雄性的花蕊投入它底胚珠結成顆顆橡果。這些綠色蒂長的橡果一顆顆懸吊在幼枝上。於是，猴子們忻喜，松鼠也高興，那是牠們的充饑的獵物呵！

到了八月，橡果漸漸改變了色彩，綠色的外皮皺成了淡褐色，果殼堅硬，硬殼內四顆橢圓形的橡籽不再是乳白的軟體物，而結成了斑駁堅實、色澤鮮艷的種籽了。遇著陽光普照的晴朗日子，這豐滿成熟的橡果就會隨著「嗶噗」的脆響而爆裂，把殼內斑爛的橡籽彈開，隨即滾落地面上。

八月，當你踏入橡林，除了可以聽見此起彼落的脆響之外，你還能欣賞到顆顆美麗奪目的橡籽，以及一層堆積在地面上裂成兩瓣的硬殼。這時候，如果你經過橡林小徑，你禁不住要俯身檢一把回去，正如到海灘遊玩總帶回一些斑爛的貝殼。

橡果的爆裂聲又響了。我是熱愛這聲音的。我想凡是生活在膠林裡的人們也一定熱愛這聲音的。尤其在悶熱的午夜裡，偶而傳來幾聲「嗶噗」的音鍵，萬籟俱寂裡，聽來彷彿更其和諧有致、悅耳傳神呢！

園坵裡的孩子們，隨著橡果的爆裂聲活躍起來了。他們三五成群出現在林蔭下，歡呼著，歌唱著，舞蹈著，撥開叢草尋覓那橢圓形的種籽，挑剔色澤最鮮艷的，與同伴玩打彈子遊戲。

　　每次，看到孩子們拾橡籽，我便不期然地聯想起自己遠去的童年。那失落在膠林中的日子，不曾揑過玩具甚至不曾夢過任何玩具的歲月，埋藏著多少不幸與悲歌，但配合生活的環境，卻也讓我學習到不少自創的玩樂。

　　我除了懂得選擇堅韌的芭樂樹造陀螺，更懂得以美麗的橡籽做「風車」：在一顆橡籽上下端和背脊分別鑽三個小孔，用耳挖把種籽的瓤肉剔掉；以薄竹片和一根細枝架成「T」字形，把絲線繞在細枝上，由橡籽背脊的小孔抽出，再將T字細枝插入空心的橡籽，巧小玲瓏的「風車」便告完成了；轉動竹片讓絲線鉸結起來，用手將絲線一拉一放，竹片就如直升機的螺旋槳般旋轉。拉動愈快，竹片旋轉的速度愈快，還發出「嗡嗡嗡」的聲響呢！

　　年華易逝，日子遠了，但我猶記起那首我最常唱的童謠——

> 八月呀可愛，
>
> 橡果呀嗶噗爆開，
>
> 聲響呀清脆，
>
> 橡籽呀顆顆光彩，
>
> 我們
>
> 拾起，
>
> 同在樹蔭下遊戲。
>
> 風靜
>
> 風飄，
>
> 橡林深處聞歌謠！

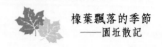

在孩童的世界裡，橡果，確是他們心目中的恩物呵！

現在，橡果又爆裂了，我像孩子一般，心中有激動的忻喜。「嗶噗嗶噗」的聲響繁密而嘹亮，那有節奏的音符，彷彿告訴人們：這是八月橡林裡的歌，這是八月橡林裡的特色！

1965年9月初稿

1965年11月22日修正

青橡果

橡果爆裂後的莢殼和橡籽

〔附錄〕：橡實爆裂的季節

「嗶噗……嗶噗……。」

「嗶噗……嗶噗……。」

從八月到十月，遼廣的橡林裡有一種清脆悅耳的聲音。膠工們知道，生活在園坵裡的人們也知道，那是橡果的爆裂聲。

這種聲音，多少能帶給膠工們一些喜訊：落葉的季節已遠去，努力吧，膠樹正處於豐產時期了。那是一種暗示，也是一種警惕呵！

提及落葉，膠工們就一籌莫展，心坎裡就有陣陣餘哀，正如漁夫們聽到「封港」一樣的心驚膽顫！但是，無可逃避，每年總要經歷那段淒涼的日子，總得馴服於季節無動於衷的摧殘。

「嗶噗」一聲，又一顆橡果爆裂了。別再提起那慘淡的歲月，要想就想橡果在過去的日子裡，怎樣從一朵小花蕾成長為今天堅硬無比的果實。

年年三月，膠林四野如焚的三月，當橡樹完成了最後一片落葉的葬禮，在風雨頻繁的催促下，很快地，枝頭又茁長了新芽，細細嫩嫩的新芽。

這時候，緊接著嫩葉出現在枝椏間迎風搖曳的、是成串的橡樹花；風起時，「沙沙」聲一陣一陣像蒼穹灑下的流星雨，小黃花落了一地。

在陽光和雨露的滋潤下，橡葉無聲無息地成長、壯大，由淡青色的小葉片逐漸變成深綠色的大葉片。橡樹花也在日子的嬗遞中萎棄了它的花瓣，讓雄性的花蕊投入它的胚珠結成一顆顆的橡果。這些色綠蒂長的橡果，一顆顆懸吊在幼枝上，引得猴子喜歡，松鼠也高興，因為那是它們的獵物啊！

到了八月，這橡果漸漸改變了顏色，綠色的外皮呈現了褐色，果實堅硬而豐滿。這期間，若遇陽光普照的晴朗日子，這豐滿成熟的橡果就會隨著一聲「嗶噗」的脆響而爆裂，果殼內四、五粒色澤斑駁的橡子，隨即滾落到地面上。

每年八月起，這「嗶噗」的聲響即此起彼落，響徹了膠林的每個角落，美麗奪目的橡子，撒滿地面。

我是熱愛這聲音的。我想凡是生活在膠林裡的人們也一定熱愛這種聲音。經常地，橡籽被彈落在鋅板的屋頂上，發出陣陣「格落格落」的音噪。在悶熱的夜間，偶爾也聽到橡果爆裂的脆響，而且在萬籟俱寂的夜空裡，那聲響聽來彷彿更加和諧有致，悅耳傳神呢！

孩子們隨著橡果的爆裂而活躍起來了。他們三、五成群出現在林蔭下，歡呼著，歌唱著，跳躍著，從草叢中尋找那橢圓形的橡子，挑選色澤最鮮艷的與同伴玩打彈子的遊戲。

每次見到孩子們拾橡籽，我便不期然聯想起自己遠去的童年。那失落在橡林中一雙手不曾摸過玩具的童年。也許誕生在山野間的孩子是不幸的，他們無法享受城市裡的文明，但他們也有他們的快樂。他們懂得運用雙手去創造玩具。而我也有我的天地，我懂得用橡籽做成「風車」。

　　將一顆橡子的瓤肉剜盡了，在它的背面鑽一個洞口，用薄竹片和小如筆心的竹枝搭成「T」字形，再以絲線繫在竹枝上，穿入空心的橡子裡，把絲線從鑽好的洞口抽出，一架小巧的「風車」便完成了。只須拉動絲線，「T」字形的薄竹片就會如飛機的螺旋槳般旋轉，還會發出「嗡嗡嗡」的聲音。

　　橡子除了供園主作培苗之用，和讓小孩子拾來遊戲之外，過去可說沒有什麼其他用途了。然而世界日新月異，科學的領域也在不斷擴大。不久前專家研究出橡籽可榨取油質供工業用途，渣滓可作飼料了。大馬首家橡籽油提煉廠已建好，而且自八月間開始吸購橡籽了。毋庸置疑地，類似的工廠將在我國各地相繼出現。

　　現在拾橡子的不再只是小孩子，許多割膠工人，也在工餘之暇，提著膠桶或麻袋，在橡果的爆裂聲中，尋找那色澤斑駁的橡子了。

> 附注：重寫的有關橡果爆裂的文字，是因為橡籽經過提煉的油質可作工業用途，文章內容與〈橡果爆裂聲〉大致相同，出版《冰谷散文》我只收錄了前篇。但是，捨棄的〈橡實爆裂的季節〉卻被泛馬出版社選作華文初中一的課文，並在「文章提示」中分析寫道：「全文顯示出作者有著豐富的膠林生活經驗，內容寫來非常獨特，再加上語言精練，描寫優美，層次井然有序，可說是一篇典範性的作品。」

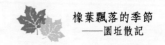
　　既被教科書編輯認為是「一篇典範性的作品」，
或許有保存的意義，棄之覺得可惜，就收錄在這裡讓
讀者作個比較。課文版本經過刪節，這裡收錄的是當
年《南洋週刊》刊出的全文。——冰谷

　　　　　　1971年11月14日刊於《南洋週刊》

巡園

我在園坵所擔任的工作，概括地說只有三項：早上巡園，中午秤膠液，月杪結賬。有很多園坵，這三項工作是由三個職員分別管理的；這裡稍有不同，集三種工作於一人，自然使我感到比較繁忙。不過做久了，熟能生巧，自己也能應付自如，並不覺得怎樣繁雜。

在這三項工作中，巡園是充滿樂趣而特別令我喜歡的一項。因為中午秤膠液，膠工中午一起湧回來，擠進狹小的秤膠棚，大家都爭先恐後，既緊張又嘈雜，要把每個人的膠液和膠絲逐一記錄在簿子中，還要從膠汁的濃稀推算出各人所獲的乾膠含量，手腦並用，的確費精勞神。結賬呢，雖則可坐在舒服的辦公室內，但未免太枯燥乏味了，彷彿有被困樊籠的感覺。只有清早巡園，帶給我莫大樂趣。

每天當膠工隨著鐘聲出發，走進密植的膠林之後，我匆忙用過早點，就發動那輛無牌照的老爺摩多車，追尋膠工生活的腳步了。這時候朝陽經過苦難的掙扎，擺脫了長夜黧黑的帷幔，以明媚和暖的曙光撫摸大地，撫摸在廣闊的膠林裡向生活張帆的人們！

橡林裡最先從黑夜甦醒的是鳥兒。牠們就像司晨的雄雞一樣，用宛轉悅耳的啼聲，召喚黎明，召喚林野裡貪戀夢境的萬物。而這時候，我已追隨著陣陣鳥音，雙腳踩落晶瑩剔透的露珠，逡巡在生機蓬勃的膠園了。

昨夜在夢裡含苞待放的花蕾，今早一一綻開了。那些寄居在橡樹幹上的野胡姬，那些長在斜坡上的山杜鵑，還有婀娜多姿的野薔薇，開得尤其嬌艷奪目。在膠園裡，遍地有鮮花，幽幽撲鼻的芳鬱，隨著早晨清爽的晨風，在林間四處飄揚。割膠的年輕印度少女，喜歡摘下凝著朝露的花兒，插在她們的髮髻上。

聆聽著鳥語嚶嚶，呼吸著醉人的花香，逡巡在遼廣的橡林，踏進每一個芭頭，細看棵棵橡樹，我的一顆心充滿歡暢。呵，歡暢，是的，當我看到膠樹的割口奔流著乳白色的膠液，當我看到乳白色的膠液滴滿了一杯杯，像滋養生命的鮮乳。但是，更令我歡暢的是，膠工被現實生活鞭撻過的臉上，綻放出朵朵鮮花一般的微笑！

「Kerani[10]，你好早就巡芭了呀！」

「是的，你們比我更早啊！」

巡園時，每當我和膠工接觸，經常彼此問候。這是簡單的交流，包含了鼓舞和祝福，關切和友愛；只有同在一條生活線上掙扎的人，才能最深切瞭解彼此的心靈呵！

有鳥語和花香，有祝福同歌唱，還有什麼工作比巡園更愉快的呢？不過，在愉快中，我並未遺忘本身的職責，也時時處處在鞭策

---

[10]　馬來語kerani，書記的稱呼。

自己：要學習那早起的鳥兒，要學習那勤樸的膠工，在夜色落幕之際，到膠園去迎迓黎明第一道曙光！

1965年8月26日吉打美農
1965年9月6日星洲日報〈星雲〉

這輛無牌照機車陪我走過幾許風沙與泥濘

雨季

　　昏沉的蒼穹雨水呼嘯著，挾雜著「隆隆」的雷聲。連綿不斷的雨珠，像支支銀箭，籠罩著近處的屋宇，籠罩著遠處的山巒，也籠罩著遠遠近近，無際無邊的橡野。

　　平日泥沙瀰漫的紅土路，此刻是東一堆積水，西一片泥濘。人們都躲進了屋裡，只有那帶著興奮叫聲的鴨群，在溝渠裡泅遊追逐。如此惱人的天氣，除非有真正的要事，不然任誰也懶得踏出家門一步，驟然間世界彷彿變得狹窄了許多。

　　在半島的西海岸，每年由八月至十月，是個多風多雨的季節，尤其在這有「馬來亞穀倉」之譽的吉打州，雨水更頻繁，連綿一兩星期在雨季裡是司空見慣的事，這就苦了生活在園坵由天氣決定生計的膠工了。因為他們的工資菲薄，平時克勤克儉，才求得三餐溫飽，雨季一到，不能出門割膠，他們如何不焦慮呢？

　　在園坵裡駐足了兩年，由於工作的關係，對天氣的乍晴乍雨不得不特別注意；晴天的時刻巡視膠樹，下雨趕緊吹笛收集膠液。便這樣地，每日奔走在膠林裡，得從濃綠的橡葉縫隙間，留意蒼穹風雲的變幻，尤其是在這個愁人的雨季裡。

　　那才是幾天前的事，早晨長空晴朗如鏡，一輪驕陽放射出和暖的光輝，橡林裡歌聲此起彼落，乳白色的膠液滴滿一杯杯，膠工臉

上開滿朵朵燦爛的花；誰知驟然間，天空變了色，皚皚的雲絮變為黝黝的帷幔，幾道金光在黑雲裡亂劃，雷聲不停霹靂地響，我來不及吹響收膠訊號，笨重的雨腳已經踩破了遼闊的橡林。勞苦投下的希望是不輕易擯棄的，於是他們手提膠桶，在密密的雨網中穿梭奔忙，企圖爭回多少血汗；然而，這陣雨水落得的確大得反常，滿杯的膠汁在雨水的沖滌下，已經溢出了杯子。

回到秤膠棚，擔子與平日一樣沉重，但挑回來的卻是雨水比膠汁更多的混合體。在秤膠棚裡，每一張都是充滿憂鬱的臉孔；摘下濡濕還滴著雨珠的帽子和頭巾，抖一抖髮絲，人人總按捺不住波動的情緒，發出幾句怨言——

「鬼天氣，今天又要吃老米了！」
「雨季又到啦，難道你還不知道？」
「今年的雨季來得特別早，只希望它早來早逝，不然就要吊起沙鍋縮腰帶了！」
「……」

在多雨的季節裡，膠工便是如此，要經常面對狂風暴雨，為了生活，為了下一代，同時也為了國家社會的進步和繁榮。

雨季的蒼穹是沉鬱的，膠工的臉譜再也找不到歡笑。苦悶、失望、惆悵、焦急、倉皇，像千萬枚鋒利的釘，釘在他們嘗盡風風雨雨的心版上。雨季裡的陽光是寶貴的，晴朗的日子不知帶給園坵的人們多少欣慰！

　　這個園坵，人們除卻擔憂下雨不能割膠之外，還有更煩惱就是年年雨季到來照例都漲水。一排排建在平地上的「咕哩厝」，雨水只要連綿五、六天，河床低淺的小河一時無法排走上流奔瀉下來的洪水，隨在平蕩的地方泛濫起來，淹上泥路淹上膠林淹上家家屋宇，雖然沒有危害到人命，但難免不捲走一些雞鴨同器具；那屋前屋後栽植的瓜果蔬菜，雨季裡總會遭殃一、兩次。

　　雨季確帶給膠工滿懷愁緒，漲水更令他們頹喪苦惱，因為水漲的時間沒有一定，有時在白天，更常在夜晚；往往午夜夢迴，水神已爬上了門檻，一些傢俱和雞鴨已失去了跡影。

　　記得去年雨季裡，雨水淒切地落了幾天，一日雨網剛剛收起，我便匆匆出門，企圖呼吸一口新鮮空氣。誰知道回來時，園坵已經淹沒在水中，那條泥路變成了小河，摩多車引擎著水熄火，風雨還不住呼號。我憑著記憶推車涉水，緩緩前進，還一面要留神路旁的深溝，摸索抵達家門，已是深夜了。饑寒交迫，那種難受的滋味，是雨季給我最深的印象，如今想起猶心有餘悸呢！

　　漲水帶來了不幸，水退了也同樣使人苦惱，壁上、牆上、牆角、地板，無一不蓋上一層爛泥，留下累累污痕；挑水、打掃、洗刷，膠工又是一陣忙。這時遍地是蜳螺的腐屍，散傳出難聞的異味！

　　雨季，漂白了膠工的希望。

　　雨季，多愁悶的季節呵！

現在又是雨季了，窗外的風雨正緊，多少喟嘆從「咕哩厯」中發出。我希望這段日子早些過去，讓喜歡揮汗的膠林兒女，能在又和暖又明麗的陽光下，愉快地、盡情地，歌唱和舞蹈！

1965年9月17日星洲日報〈星雲〉版

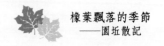
秤膠棚裡

一間簡陋的建築，四面沒有屏障，只用幾根柱子支撐著上頭的鋅板，這便是園坵裡的秤膠棚了；棚裡除了一張舊桌、一張凳子，空蕩蕩的一無所有。

秤膠棚就是這麼簡單的建築，可是你別輕視它，它是膠工每天籲集的處所。

在秤膠棚裡，膠工衡量他們以血汗掙來的膠液；在秤膠棚裡，膠工知曉他們一日所獲取的酬報。秤膠棚和膠工，一如蝸牛與硬殼，關係是這般密切呵！

我也得每天訪問秤膠棚一次，在棚裡忙碌一小時多，那是當晌午膠工回來的時刻，坐在硬磞磞的木凳上，以枯燥呆板的文字，記下每個人的膠液、膠絲……，算出他們應得的工資。

是晌午的時刻了，秤膠棚裡，繁忙喧囂，人影雜踏，一片緊張景象；桶與桶的相碰聲，人與人的嘈鬧聲，在棚裡迴旋蕩漾。

遇到倒楣的落雨天，擾嚷忙碌的情況更甚，大家都爭先恐後，渴望先秤自己的膠液，早點回家去換掉那套漉漉的衣褲，免得遭受風寒。這時候，不但膠工焦急，我也常常焦急，只苦煞了一雙手和眼睛！

是晌午的時候了，驕陽熱烘烘，膠工淌著汗滴，吃力地把擔子挑回秤膠棚裡，望著那乳白色的膠液，他們心目中難道沒有些微激動麼？

膠工的日子總是如此飄走：隨著喔喔的雞啼起身，在迷濛的膠園裡呼喚黎明，冒著蛇蠍突擊的危險，冒著山蜞蚊蚋吸血的侵擾，毅然播下希望的秧苗。現在，帶著興奮的心情，把一桶桶的膠液挑回秤膠棚裡了。

這是收穫的時辰，希望閃爍著金色的時辰！

是晌午快到了，我喜歡在秤膠棚裡守候，守候膠工挑擔回來，細看那一張張被生活磨鍊的臉孔。我注意到：那些割新膠樹的，擔子彎彎的，很沉重，微笑像花朵由他們的心田開到臉頰；而割老膠樹的呢，沉重的不是他們的擔子，而是憂慮忡忡的心。老膠樹膠液貧乏，收入少工資少，使他們憂慮，憂慮一家大小的生活承擔啊！

這是我在秤膠棚裡的發現，在膠工的心扉中，有個強烈的冀望：老膠樹盡快砍伐，讓隨風搖曳的橡苗在陽光下迅速成長，讓每個膠工都嚐到豐收的果實！

1965年星洲日報〈星雲〉版

蛙聲燈影

　　小河，這條園坵的水源，是全園職工的生命線，也是膠廠運作的資源。如果沒有小河，園坵暗然失色，像一株失去綠葉點綴的花樹，縱使美麗，也顯得單調與欠和諧。

　　——我常常如此想，許多人也這麼說。

　　這條小河，像一條蜿蜒的巨蛇，蜷臥在莽莽的橡林叢野間，它從遙遠的山林趕來，流經這裡，又淙淙地奔向遠方，沿途灌溉了幾許橡樹和原野。

　　每年雨季到來，風雨綿綿，小河常常泛濫，原因是園坵地勢低窪；但是，大家對小河似乎從不發出怨語。飲水思源啊，人人心扉永遠留著它的功勞，淡化了它帶來的災難。

　　小河，不但方便了園坵的水供，不但養活了任由膠工捕釣的魚群，同時更讓無數的田蛙在它的胸懷裡成長、匿藏，使許多饕餮蛙肉的人士，滿足食慾。

　　田蛙俗叫田雞，滋味雖令不少人垂涎，但我年輕時卻未嚐過，甚至不知道什麼是田雞。故鄉小城有兩條小河，穿過廣闊的田野，我只見過瘦削的青蛙，不知道河流有美味的田雞。直到有天上生物課要解剖，老師從布袋裡掏出一對長腳善跳的動物，我才知曉那是佳餚田雞，與我們家養的公雞母雞完全不同類屬。

漂流到半島北端，落腳遼闊的橡樹林，翌日就有機會嚐到田雞粥了。以前解剖田雞我覺得慘不忍睹，不肯親自操刀；怎想到捕蛙的人一舉就殺十多隻，活脫脫的剝皮去首之後，可憐小動物的心房猶在跳動呢！

惻隱之心，感到垂涎田雞的美味，是一種罪過。

園坵的小河產蛙豐富，令許多人深感驚訝。饞食的膠工夜裡提燈捕捉，業除捉蛙的人更不少，然而小河依然處處蛙聲咯咯。

節拍雖是單調，田蛙卻天生一副圓潤善鳴的嗓門，每當夜幕低垂的時辰，小河便傳來一片熱鬧的咯咯咯。牠們從河裡的泥洞、草叢鑽出來，跳上河岸，守候飛近的蚊子和小蟲，享受晚餐。尤其是黃昏驟雨初歇，潮濕的氣流平添了田蛙的活躍，牠們唱得特別起勁，一個音波高過一個音沒，緩速有致，時而高昂急促，忽又低沉舒慢，髯鬍指揮棒下的大合唱，壓倒一切屬於夜的天籟。

隨著咯咯的蛙鳴，河岸疏落地閃爍著燈影。

燈火來自那些捕蛙人。他們知悉咯咯的蛙鳴，即是收穫的預告，把河岸蛇蠍的毒口拋向九霄雲外了。於是穿靴提燈，招兩三友伴，沿河岸一路走一路捕；舉網向田蛙當頭罩下，十拿九穩，一隻隻將牠們捉進布袋裡。

民以吃為天，人為了吃，冒犯風險也在所不惜。蛇蠍覬覦的田蛙，對饕饕野味的食客也是很大的誘惑呵！

田蛙的皮膚沒有蝦蟆那樣長滿疙瘩，體型比青蛙豐滿多肉，長大的田蛙超過半公斤，牠們的後肢特別粗壯發達，所以跳得又高又遠，一個起落達有兩咪多。只可惜，上蒼僅給予牠們潛逃的本能，

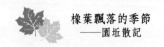
——園坵散記

沒有賦予禦敵的武器，可憐牠們連基本的抵抗力也沒有，便輕易地成為人類和毒蛇果腹的犧牲品。

撇除田蛙捕蚊吃蟲的功勞不算吧，沒有勾爪和尖齒，黑夜也無法為牠們庇護，田蛙，僅靠一根舌頭求取生存，的確是可憐又無援的小動物啊！

窗外又傳來蛙聲咯咯了，河岸上一盞盞燈光搖曳。雨後的今夜呵，不知又有多少無辜的小生命慘遭戕害？

1965年9月23日夜於雙溪邦谷園

1965年9月30日星洲日報〈星雲〉版

頭燈

當你處身在周遭暗昏的環境裡，是否你渴望有一盞燈照亮前路呢？

我想誰都會的。因為燈火不只驅逐黑暗，趕走毒蛇猛獸，讓你安然；同時，溫暖了你的心房，增添你對腳步的信心和勇氣！

由於這樣吧，人人都歌讚燈，嚮往燈火。

然而，也許燈的式樣太多了，仍舊有的燈被人忽略，沒有被人讚頌，橡林裡膠工採用的頭燈，就是少人注意的那類。

割膠是辛苦的行業，勤樸的膠工每天要犧牲睡眠，在萬籟俱寂、四面漆黑的凌晨時氛便要起床，頭上掛著一盞燈，迎風踏露，趕去膠園，尋訪每一棵橡膠樹。這時刻空氣清涼，採割後膠汁滴得久，流得也較多。

為了增加收穫，膠工忍耐睡意，就靠那盞半明不昧的頭燈，半夜出門趕路，啟開生活之旅，尤其在悶熱的二月大旱天，膠樹落盡了葉子，太陽一露臉就曬得大家頭昏腦脹，點頭燈夜割的膠工這時更趁早了。

你可曾留意黎明前的橡林？在山雞的啼叫聲裡，在夜蟲的唧唧聲中，一盞頭燈亮起了，兩盞頭燈亮起了，許許多多盞頭燈同時亮起了。這些掛在頭上的燈火，有煤油燈，也有「電石燈」，都隨

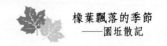
著膠工匆忙的腳步，搖曳著，閃爍著。每一盞頭燈都點亮生活的疆場，每一盞，都帶有膠工的歡歡的汗滴。

我開始認識頭燈，約在七、八歲的童年。那時我還沒有上學，每天凌晨三、四點鐘母親就把我喚醒，草草吃過飯，便步行一哩多的小徑到膠園去。這時四處一片黑黝黝，母親頭上那盞煤油燈是唯一的光源。母親肩膀上挑著兩個膠桶，裡面有膠刀和午餐。我跟著母親的腳步，走在後頭，冷風飀飀地拍打我們的衣襟。我年紀雖小，但卻從來沒有膽怯，因為有母親在我身邊，還有母親頭上亮著的那盞燈。

那時，我還不懂割樹膠，所以頭上沒有掛燈；我只幫助母親抹膠杯和收膠汁。我常常一面抹杯子，一面凝視母親頭頂上那盞熒熒的燈火，心靈爬滿了懊惱，還有微微的苦澀。那個年歲，應該走進學校，無憂無慮的快樂時期，可是，我卻走進了荒涼的橡林，在煤油燈光下淘洗膠杯，過早咀嚼人生的青澀。

橡林裡晃盪的頭燈，那時開始嵌入我的記憶深處，牢牢緊扣我的人生。二十多年來，母親和我一直都在頭燈的光影下早起，在橡樹的行列間尋尋覓覓，用汗滴證明我們的堅強和不倔。

因為這樣，我驕傲地頌讚頭燈，這久隨我們的燈火。

頭燈的亮光，誠然很微弱，缺乏穿雲透霧的威力，也缺乏照撒夜路的光芒，但它卻是千千萬萬膠工生活的導航，依丈頭燈隱隱的微亮，膠工鼓起勇氣，尋找橡膠樹半圓形的割口，切切切抽取膠液。

在我心裡，頭燈，它不只偉大，它的光亮也一樣溫暖喲！

1965年10月5日夜於美濃
1965年10月16日星洲日報〈星雲〉版

山鄉的孩子

住在城市裡，孩子是幸福的，不但可以不費心機吃到美味香甜的水果，又有精緻可愛得玩具，洋娃娃、小火車、積木拼圖……都是居住山鄉的孩子夢寐難求的。每逢週末假期，他們還跟父母狂公園，進戲院看電影；玩食齊全，孩子還有甚麼不滿足呢？

園垞裡的孩子，玩樂雖然不如城市的現代化，然而他們同樣幸福和快樂。他們自小養成刻苦耐勞的精神，知道廣闊的橡林有無盡的寶藏，吃的用雙手去摘取，玩的也自己去創造。

山野間，叢林處處，孩童出門玩樂，都習慣三五成群，一起出發。綠葉濃蔭的橡林，白雲飄蕩麗日衝天的晴日，不只處處見到膠工奔走的蹤跡，也盪漾著小孩的歡歌同朗笑。他們在橡葉映影下，從草叢中尋覓橢圓斑駁的橡實籽，也採擷矮灌木綻放的鮮花和可吃的野果。他們機靈得如活躍的小松鼠，知道什麼季節玩什麼遊戲，知道什麼時候那裡有成熟的野果。

這些，都不需花費金錢購買的。

山野間孩童最刺激的玩意是獵小鳥。橡皮和樹枝是他們的「彈弓」，小石子是他們的「子彈」，他們自稱為「拉土迪」，對老鴉山鷹這種高飛的大鳥，這種小武器不中用，彈弓只能欺負白頭翁、斑鳩、鵪鶉之類的小鳥。

「拉士迪」的木條像丫字，兩條橡皮繫在上端，只有呎許長，拉滿了石子也射不高。所以，射中小鳥的機率低，但確是鄉野的孩童們最刺激的玩意兒。偶然獵到一隻小鳥，拔除羽翼，拾幾支枯柴，就這樣做起燒烤，大家一同分享呢！

到橡林中獵鳥，往往一出發就是大半天，有時追追逐逐，為了一隻鳥兒不惜越山坡跨小河，等到大家褲袋裡的小石子掏空了，沒有了「子彈」，才不甘心地快快然回家。

除了獵鳥，橡林裡的孩童也喜愛鬥「豹虎」，正像田野間的孩子愛捉打架魚一樣。豹虎是蜘蛛類的八腳小動物，並不吐絲結網，卻喜歡將兩片綠葉子粘貼起來，在裡面匿藏生活。雄豹虎胸寬腹小，生性殘忍好鬥，兩雄相遇就舉足齜牙，互相廝殺，直到勝負分明為止。

勝利的豹虎，自然稱王，豹虎王被小主人當心肝寶貝，藏在火柴盒裡，放進幾片綠葉子，天天餵養小蟲；當然最大的目的是要豹虎活著，打贏所有的強敵。

常期在山野間嬉鬧，鄉間的孩子對豹虎的生活狀況瞭若指掌，他們知道那一種樹的葉子最多豹虎，那一種葉子的豹虎強悍兇猛。孩子的遊戲是有季節性的，盛行鬥豹虎的時候，他們真是費食忘寢，捉豹虎鬥豹虎可以整日不回家。

鬥豹虎，的確是很別致有趣的一項玩意。

城市裡的孩子玩陀螺和放風箏，多數去商店買來的。山鄉裡的孩童的風箏和陀螺，都是自己製造的，雖然風箏沒有像買來的那樣多彩生動，但一樣能飛上高遠的藍天；他們還懂的用竹筒做「鳴空器」，附在風箏上，讓風箏迎風招展時發出嗡嗡的清脆聲。

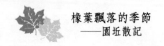
　　鄉間的孩童不只懂得自造陀螺，還會選擇堅硬的木料，製造的陀螺旋轉又快速又持久，並且發出旋風一般的聲響。他們甩陀螺的手法也變化多端，除了放在地上旋轉，還輕巧地甩在掌上轉，尖銳的鐵釘卻不會刺傷手掌；有的孩子更神乎其技，把地上的陀螺用手指迅速一挾，讓陀螺繼續在頭頂上旋轉，驚險又刺激。

　　我出生於鄉野，捉鳥獵鳥是我兒時的玩意，進入少年讀初中，依然樂此不倦。但不知是手法奇差或者運氣不齊，我的彈弓和石子從來沒有發生過效應，沒有小鳥被擊倒，甚至是受傷。我養過豹虎、打架魚，也都不曾稱王。放陀螺我也很喜歡，但那一招「掌上旋轉」的技巧，我學來學去也沒開竅，更遑論頭頂陀螺的絕藝了。

　　被城鎮遺棄，生活在山鄉僻壤的孩子，雖然沒有電影電視，沒有遊藝場可湊熱鬧，缺乏許多社會文明的享受，但他們善於利用自然環境，以及天然賦於的睿智，在窮困中追尋幸福，也在窮困中編寫童年。

　　那顆顆淳樸無邪的心靈，多麼需要慰藉和祝福呵！

1965年10月16日吉打美農

1965年10月21日星洲日報〈星雲〉版

紅泥路上

我相信，很多人都喜歡走寬敞筆直而又坦蕩的柏油公路。

狹窄的田塍，崎嶇蜿蜒的山徑，窟窿處處的紅泥路，人們都不願問津；但是，生活是無情又殘酷的權威，它以窮困鞭策人們，鞭策人們走向田塍、山徑和紅泥路。不管你願意抑或不願意，然而你無從選擇，你得服服貼貼地上路。

田塍和山徑我雖不陌生，但與我最有深切感情的則是紅泥路。這溝通園坵每個角落的交通樞紐，在我童稚時代的心扉中，便有難以泯滅的深長記憶。

我常常這樣想：園坵，要是沒有縱橫交錯的紅泥路，生活在遼闊的橡林裡的膠工，不知要如何渡過困苦的日子？他們一定像古代荒林中的原始人，每一舉步都是鋪滿荊棘、觸目驚心。

我出生於鄉野，不消說，學會走路面對的就是紅泥路，長大後投入生活征途，長期都在橡林叢野中磋砣日子，自然離不開沙塵礫土，每天來回經過都是紅泥路。印象最為深刻的是童年時，有一次母親早上遲起，來不及煮飯就趕乘囉哩去幾哩外割樹膠了。因為我跟母親去過橡林，天亮後我自告奮勇要送飯去給母親，父親說那條山徑多分岔，怕我迷路，結果我循著曲折的紅泥路，踩著飛揚的沙塵，安然無恙把飯送到母親的手上。

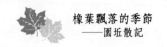

　　母親接過飯盅，緊緊將我擁在懷裡。我帶著淚眼說，媽媽，我是靠紅石子認路的。

　　這件事，在我童年的記憶中，鑄成深刻的檔案，也使我感到自豪。從此，我對紅泥路起了悲歡纏結的感情，也許紅泥路與母親坎坷的人生際遇產生關連，還有長期在紅泥路上遭受日曬雨淋的膠工們！

　　紅泥路，雖然不像「蜀道」般難如登天，卻也不是深受眾人歡迎的路。人們總是為了生活，為了溫飽，不得已才在紅泥路上奔波。一陣豪雨，窟窿處處的紅泥路低窪的地方就漬水，這裡一片泥濘，那裡也一片泥濘，步行時雙腳愈走愈重，駕車則輛胎爬滿爛泥。

　　旱季的時候，紅泥路上塵埃飛揚，尤其疾風過處，捲起陣陣赤霧，替你的衣著和頭髮染色之外，也迷濛了你的視覺，令你無端窒息；鼻孔、眼睛和耳朵是最易受害的五官。

　　紅泥路，是淒涼的路！

　　雖然明知是淒涼的路，但無論在濛濛的落雨天，或是熱烘烘的暑日裡，紅泥路上總有來去匆匆，為生活而奔波的膠工，每天不停趕著難走而淒涼的途程，在敲叩艱苦的人生。

　　我在過去二十多年的生命歷程中，歲月全落在紅泥路上。有時我也想遠離這盡是橡樹圍困的環境，遠離這經年風來塵揚雨降泥濘的紅泥路，到外邊尋找另一條陽光天地；但是，現實有如一個無形的樊籠，我始終跨不出橡林的羈絆。

　　橫在我眼前的，是向著深邃的橡林伸展的紅泥路，也蜿蜒也凹凸，我能遲疑退卻麼？

　　我要趕路，不只在日裡，夜晚回去幾哩外孤寂的板樓，又是一段更偏僻的紅泥路。然而，我如出征的兵卒，不敢解甲歇息，不管是在星月沉落的深宵，或是風雨如晦的黑夜。

　　路，一如人生，一個勇於在紅泥路上來去奔波的人，他對人生道路的崎嶇必定寄以無窮的信念，對前路的黑暗艱難也毫無畏懼。寬闊筆直的大道，狹窄曲折的紅泥路，同樣是通往生活的疆場，通往有陽光有希望的地方。

1965年10月25日美農雙溪邦谷園

1965年11月1日星洲日報〈星雲〉版

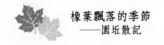

煙霧

城市的煙霧，不比山鄉濃。

山巒和樹叢，都是煙霧的依附物。城市缺少山，樹木自然更稀落。少了依附，物質難以存在，何況是飄渺的煙霧呢！

城市的早晨，偶然也見霧氣舒展，但輕而稀薄，有如透明的輕紗，隔不斷人們的視線；眼前的景物，雖然陷入朦朧，但依稀可見。至於夜霧，城市更屬少見。

山鄉多霧，膠林也多霧，而且湧現的時候，不只限於清晨，膠林的夜霧也來得特別早。由於工作的需要，我每天早上五點鐘就得起身趕路，接觸煙霧的機會因此就更多了。有時候早上推開窗扉，眼前盡是白濛濛一片，心頭總有一種霧樣的迷漓；遠遠近近的樹木和山巒，完全失去了蹤跡，令人煞那間沉落一個沒有方向的失落感。走出室外，這裡一片迷濛，那裡也一片迷濛，雖然煙霧沒有延宕我的生活行腳，但心裡免不了多添一層顧慮和不安。

相信不會有誰對阻隔視覺的煙霧有好感，尤其是我。在故鄉小城那條大河流，煙霧籠罩的水上發生過令人難忘的慘劇。一班從小城搖舢舨趕漫長水路的男女膠工，一天清晨企圖穿過迷茫的濃霧航向生活，不幸舢舨遇著漂浮的樹桐，發生碰撞。那時恰逢雨季，河

水沟湧奔流，舟翻人沉，上演了一場令人灑淚的人生悲劇。

那時我仍在小城，罹難者中有我的知己，也是我的同行，心情悲傷又沉痛。

沒有煙霧河上的悲劇不會發生。當時整個小城被悲慟的氣氛瀰漫著，就像煙霧那樣鬱沉不散。我含著哀慟寫下一首輓歌。青山依舊，流水悠悠，歲月流逝沒法蕩盡我心坎裡的記憶。繼續在河上航行，霧來霧去的膠工們，願大家謹慎緊握手中的木槳。

離開故鄉小城幾年了，卻掙脫不了煙霧的糾纏。園坵雖然沒有足以行舟的大河，但我又怎能輕易剔除煙霧烙印過的陰影呢？

來到橡林，又見煙霧。在落雨的季節裡，天氣陰霾昏沉，橡林中醞釀的煙霧益加狂妄；太陽一沉落山頭，霧靄就如紗幔般四處舒蜷，而且徹夜鬱結不散。有時打開門窗夜讀或書寫，微風從戶外吹來，夜霧就透過蚊紗，似一陣白色的氣流登堂入室，擾亂我的思維。嚴重時，還得起來把門窗一起關閉，才稍安寧。

從小時候開始，我就厭惡飄浮的煙霧，但卻一直在煙霧中生活。為了工作，我每天早起，在朝霧中來去固不能免；更因為孤居，三餐寄人，晚餐後還要趕兩公里泥路回去孤寂的板樓，歸途上免不了也常常與夜霧接觸；霧濃的時候，回到宿舍髮鬢的霧靄已凝結為水珠，濕了髮絲，也濕了衣袖。

有很多東西我們喜歡，但卻無法獲得；而那些心中所厭棄的，卻又時時追隨著我們，煙霧給我的感覺便是如此。我想許多夜行人也該和我一樣，不會歡迎那些蒙住前路的煙霧吧！不過，我並不會

屈服於煙霧的圍困；不管霧有多濃多密，只要明亮炙熱的陽光出現，煙霧很快在蒼茫的空間隱去，消逝。

1965年11月3日美濃雙溪邦谷園

1965年11月18日星洲日報〈星雲〉版

灌木

你若不能作巔上的松杉

在幽谷裡作一把叢林吧！

但要做最好的小叢林

種在溪水之傍

你不能作大樹

也要做一棵小灌木！

這是無名作者所寫的一首小詩，在報上一篇談論做人道理的文章中讀到的。詩寫得好壞，不在我的研究範圍，因為我對詩，完全外行。然而我覺得詩的內容與立意正確。

每天清晨當我在寬闊的園坵裡奔波，面對東一簇西一叢的灌木時，心中常會想起這首語意深長的小詩。

園坵顧用鋤頭工除草，多數只顧新翻種的小樹，至於那些生長了幾十年的老橡樹，除了久久處理一次叢密橫生的灌木之外，其他低矮的雜草是經年累月綠意盎然，笑傲天地的。

我在膠林裡巡視了兩年多，所管理的清一色是老橡樹，野草萋萋，一片荒蕪。兩年來，不曾正式清理過野草。叢生的灌木命運不好，因為遮蔽空間，阻礙膠工行走，生長高過人頭就遭「斧刑」，橫臥荒野。

然而，刀斧只是燃眉之舉，只能解決短暫問題，灌木的根盤充滿生機，幾陣雨水，樹頭保存的律動開始展示衝勁，從叢草中欣欣向榮，向環境奏唱頑強不屈的歌！

灌木默默地滋長在自然界中，沒有粗壯高大的枝柯可以跟膠樹相抗衡，也沒有寬厚的葉片可以阻擋猛烈的風雨，在鬱鬱陰森的橡林中，灌木像是受盡委屈歷盡滄桑的孩子，得不到溫暖的陽光的撫愛，也得不到朝露的滋養。但是，它們並不因此而滅亡，反而向著土壤肥沃的地方，撒播更多的種籽，向惡劣的環境顯示它們的力量。

熱帶的喬木，幹粗葉厚，高可擎天，一切灌木、藤蔓、蕉草都匍匐在它們的腳下，喬木當然是自然界中的王子了。但是，我總不會忘記在傾軋的境遇中成長起來的灌木。

「灌木是矮矮的，生在地面，春來自生，秋去自枯，沒有矗天的枝柯，也不會蔚為豐林，自然也沒有棟樑舟車之材，甚至連一樹嘉蔭也沒有……。」但是，土地到處都有灌木的蹤跡，灌木的種籽處處都可以落地生根，成長。散文家李廣田這麼書寫灌木，同時把自己的散文集題名《灌木集》，足見他對灌木的崇敬與重視。他不高膽渴求他的文字能像高大擎天的喬木，鋪天蓋地，只希望如灌木一般隨處流傳、撒播。

天天在橡林裡奔走，天天掠過一叢又一叢密生的灌木，接觸得多了，本來不留意的，漸漸在心扉間劃上深深的印象。我最驚訝的是灌木那股韭菜般，割了又長的頑強的生命力，在無情的刀痕斧蹟下掙扎著生存！

　　一棵堅實的大樹，遭砍伐後，偶然它的樹頭或根群也萌芽發葉，但那只不過是垂死前的迴光反照，即使有充份的陽光和雨露，亦無法回復往昔枝壯葉濃的風貌了。而灌木卻不同，除非伐木連根一起剷除，否則刀斧永遠無法消滅它們。遭砍伐的灌木，另一株相同的生命從原來的根底鑽出泥土，一陣風來，幾番雨水，這棵幼苗就會迅速生長，不到兩三個月，又是一棵綠油油的植物，一棵搖曳生姿的灌木！

　　灌木生長在充滿不幸的環境中，由於堅韌倔強而繼續繁衍，在土地上佔有空間，生生不息而永遠存在。生命，原是一連串痛苦的循環記錄，能排除萬難，克服逆流的都可以繼續在世界上迎接風雨陽光。

　　人，如果因為際遇的不幸而沮喪沉淪，讓生命走向滅亡，那麼，豈不是比不上一棵小小的灌木麼？我們不能作大樹，成為棟樑舟車之才，造橋築路之需；我們不能站在世界的巔頂大有作為，創造轟轟烈烈的偉業，但是，我們至少要像一棵小灌木那樣倔強地生存著！

　　我們應該永遠記住……

　　你不能作大樹
　　也要做一棵小灌木！

1965年12月2日深夜雙溪邦谷園

1966年12月13日星洲日報〈星雲〉版

貓頭鷹

宿舍附近的橡林常常傳來貓頭鷹「咕咕咕……」的叫聲，每當夜色靜靜來臨的時候。

——又來了，那令人討厭的傢夥！

——園坵這麼闊，偏偏飛到這裡來打擾，真是不知趣的東西！

——聽到牠的聲音就不舒服。假如我有支槍，先要將那傢夥幹掉！

每次，當聽到貓頭鷹的嘶叫，人們總是議論紛紛，說許多近似詛咒的話；而且有時候，還有人拿著手電筒，撿了木棍和石塊去追趕，但是頂多只隔了一晚，貓頭鷹又再出現了。所以人們對貓頭鷹更加憎惡。

貓頭鷹是飛禽中的龐然大物，在膠林裡被目為可惡的夜鳥，和烏鴉一樣不受人們歡迎。貓頭鷹很怕陽光，白天藏在陰暗的地方，不敢出來活動；直到入夜，牠們才四處飛出覓食。牠們以捕獵老鼠和蚊蟲過活，對人類有除害立功的惠澤。然而，人們總把貓頭鷹當作烏鴉的孿生兄弟，對牠們沒有半句讚語。

貓頭鷹與禿鷹一樣，有鈎狀的嘴，兩扇巨而有力的翅膀；身形像鳥，頭顱像貓，這本來已經夠怪夠恐怖了，加上兩個深陷的眼眶，燈籠般大的眼球，使貓頭鷹的面目顯得益加猙獰可怕。尤其在

晚上，那兩盞眼燈被火光照到，閃著炯炯的綠光，見了令人毛骨悚然！

在所有的鳥類之中，我想貓頭鷹的叫聲是最響亮難聽的了。如果在萬籟俱寂的深夜，那「咕咕」的叫聲，悠長又深沉，數哩之外都可聽到，有震動山林的磅礡氣慨呢！

人們討厭貓頭鷹，就是因為牠和烏鴉一般，長著難看的羽翎和不堪入耳的叫聲嗎？這個答案不必思索，應該是肯定的。

人類既自認為萬物之靈，當然有超越其他動物之處，對事物的青紅皂白喜愛厭惡，自然會有很明確的判斷和分析。可是，人們不但抹殺了貓頭鷹對我們的功勞，忽略了牠們捕捉老鼠蚊蟲的辛苦；卻因為牠們的叫聲覺得恐怖而產生厭惡，因而嘲罵與詛咒。

這就是我們的人生思維？這就是我們自詡為萬物之靈的人類？

我茫然，也感到無限驚愕。

一日午後，我從午睡中醒來，屋前圍著一群人，我走上前一看，只見地上躺著一隻貓頭鷹，顯然是身受槍彈，看來奄奄一息了，但傷口留下的絲絲血痕依然鮮血；牠的身邊還有兩隻嗷嗷待哺的雛鳥，張開黃口吱吱叫。雛鳥不知道自己的命運，想藉哀鳴獲取食物充饑吧！

「我到河邊拾木柴，在樹叢裡發現了一個鳥窩，原來就是夜晚出來啼叫的貓頭鷹。」膠工洋洋得意繼續：「真是命中註定，剛巧有個獵人經過，一槍就把打下來了！」

他向圍觀的眾人解說，好像他已替園坵除去大害，從此夜間大家睡得安寧了。

「快來收拾這兩隻小傢夥！」他向小孩子招手。

小孩子聽到，一起蜂湧而上，嗶嗶啪啪，將地上的兩隻小貓頭鷹打成肉醬。

近來，果然貓頭鷹深沉的叫聲稀落了。

人們的愛憎是很難捉摸的，那些成群結隊飛到稻田裡偷吃穀子的斑鳩，人們不但不詛咒和厭棄，反而飼養在籠子裡，恩寵有加，欣賞牠們的歌聲，免遭殺戮。每次當我經過膠工的長屋，看見門前鳥籠裡的斑鳩，我總不禁會想：貓頭鷹和烏鴉，是最可憐的動物！

1965年12月10日吉打雙溪邦谷園

1965年12月29日星洲日報〈星雲〉版

橡葉飄落的季節

萬物的生命都會隨著時序的變換而增長，所以生命有青春蓬勃的時候，也有蒼老衰退的時候。人有枯榮，花有開謝，同樣地，葉也有長落。

每年的一二月，在這長年皆如夏，沒有四季之分的國度，是最亢旱和最炎熱的月份，也是南國橡樹落葉的季節。

這時候的膠林，不再像過去那樣綠意盎然，也見不到樹樹濃蔭了。所有的橡葉都在時序的嬗遞中，漸漸的衰老而憔悴，酡紅的像楓葉一般；最後，一陣微風吹來，橡葉被捲離了槎椏，帶著一個憂悒的夢，飄落在地面或水中。

二月的橡林，毒熱、蕭索、淒涼。

熱帶的太陽，本來就炎得令人難受了，在亢旱的季節裡，偏偏橡樹又落盡了葉子，因此更熱得使人昏瞶。早上太陽遲遲才出來，可是剛露臉就萬丈光芒，彷彿太陽比平日大了好幾倍，把人們的眼睛曬得無法睜開；尤其是到了中午，太陽活像一條火龍，烈燄威迫得人們有如置身於火爐一般，炎熱難挨。

橡樹落葉的季節，是生活在膠林裡的膠工一年中最辛苦的時期。儘管一些自己擁有小園坵的膠工，在這時期暫時放下膠刀，清

閒一兩個月;但是,大多數的工人都是手停口停的,他們得忍受生活的煎熬,一如橡樹忍受落葉時的痛苦一樣。

現在又是悶熱的二月天,又是橡葉飄落的季節。窗外的橡樹,一週前還綠意婆娑,才過幾天,葉子便由綠變黃,再由黃變紅,如今卻落盡了葉子,只剩下樹樹光禿禿的枝椏了。那些平日生氣勃勃,充滿活力的雜草,此刻也被驕陽熬得焦頭爛額,枯槁憔悴,因為再也沒有樹蔭為它們遮蔽了。

當橡樹落盡了葉子,鳥兒便失去了蹤影,不再聽到牠們悅耳的歌聲;甚至佻皮的獼猴,活躍的松鼠,也不容易發現。牠們都躲到附近的竹叢或野林,準備渡過這苦難的日子。

多淒涼的季節呵!

落葉的季節,膠工常常要早起,在天亮前便拉開生活的序幕,他們深知這時期膠汁貧缺,只有挑燈夜割,才能多掙取些微希望。

所以,落葉的橡林,處處幌動著燈火,膠工奔忙在黎明前。

落葉的季節,人們不但憂慮生活,同時也憂慮野火燎園。因為橡葉積得厚,旱季的陽光又特別猛烈,在極度乾燥和悶熱中,橡葉容易著火燃燒,引起嚴重的火災。被火神吞噬過的橡樹,輕者膠汁漸少,重者皮枯樹死。所以落葉的期間,園坵日夜派人顧守,以防野火或縱火。

一陣微風吹過,橡葉又帶著喟嘆輕叩我的窗櫺了,能蔑視這片片凋萎而向母樹瞑別的小葉片麼?它們已經完成了自己的使命,在青春飽滿的日子裡給母樹成長的滋養,並提供了豐富的膠汁給膠工。現在隨著時序的轉變,它們飄落了,但它們留下光榮和不朽!

如今橡樹只剩下禿枝，但是不久雨就會來，那時橡樹又再萌芽長葉，那時鳥兒又回到膠林歌唱，那時生活在膠林裡的兒女們，面上將展露微笑！

1966年2月中稿於雙溪邦園

1966年2月22日星洲日報〈星雲〉副刊

僅隔狹窄的泥路，一邊橡葉飄落另一邊枝椏已茁嫩芽。

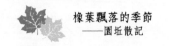
夜聲

　　園坵的早晨是遲亮的，可是夜卻特別早到。園坵裡橡樹遼闊無邊，深綠的橡葉蔭翳濃密，一片蔥蘢，而樹與樹之間又密得像閱兵隊的士兵一樣，每天太陽還沒有落下地平線，山野正享受著絢爛繽紛的黃昏時刻，夜網已經把園坵悄悄地籠罩了。

　　就因為這樣，居住在橡林裡的人們，欣賞不到五顏六色的晚霞，可愛而迷人的落日斜暉也不易見到。他們的日子只有白天連接著黑夜，挾在中間的黃昏和他們是陌生且無緣的。所以，在園坵裡，太陽一斜落，甚麼都被黑暗吞噬了。

　　在繁華的城市，夜網一撒下，街燈、車燈、霓虹燈和一切大大小小各式各樣的燈，大放光芒，把大街小巷普照得宛如白晝。那些擁擠的人潮，珠鍊似的車輛，和白天沒有異樣；工廠閉起煙囪休息了，那些叫賣聲卻喚得比白天更起勁，也更響亮，顯然是個不夜天！

　　園坵的夜是靜謐的，也沒有城市那樣燦爛的燈光和行色匆匆的人影。生活在膠林懷抱裡的人們，都習慣早睡早起，當夜色悄悄降臨，住宅區朦朧的燈光張眼，他們頂多到野店去喝杯茶，看看報，聊聊天，或到朋友家裡談日裡工作的見聞。

　　園坵裡的發電機，十點鐘就停止操作，所有職工宿舍的燈火一起熄滅，就寢時刻到了。因為所有園坵的人們，都是黎明的守護

神，翌日他們要早起，去呼喚一個充滿希望的晴天。

這樣，園坵的夜不是寂寞又沉靜嗎？是的，若和城市相比，夜裡的園坵確是沉寂的很，不過，並非闃靜的完全沒有聲音，那些屬於夜的蟲豸、鳥獸，都藉夜幕作庇護而四出活動。

最早出現的，即是模樣醜怪，令人討厭的貓頭鷹了。牠們的同類不多，但叫起來的聲音悠長又深遠，彷彿是龍吟虎嘯！夜間只要有三幾只出現，這裡幾聲「咕咕咕……」，那裡也幾聲「咕咕咕……」，這樣整個橡林都被貓頭鷹叫醒了。

雖然我並不像一般人那樣敵視貓頭鷹，但在應該寧靜的深夜裡，尤其屬於安眠的時段，那些一聲連接一聲的「咕咕咕」，確是令人心煩而擾人清夢啊！

天生一副圓潤歌喉的青蛙，也是園坵夜裡展示力量的動物。牠們的家族眾多，又特別喜愛聒躁，每夜都招群集眾，一起「呱呱呱」地喧嚷，好像合奏一首黑夜無題曲。尤其在小河兩岸，雨後的夜晚，牠們嚷得特別起勁，高頻率的呱呱聲響澈整條彎河。

我的宿舍最近河邊，受蛙叫的衝擊也最深。

由於長期蟄居在橡林，對於橡林各種蟲鳴鳥叫自然十分熟悉，那些斷斷續續的「唧唧」聲，來自土穴中兇猛的蟋蟀；牠們邊叫邊跳出洞口，以戰歌準備迎接前來的挑戰者，在黑夜裡作一場拼搏。而那些棲息樹上的夜梟呢，也藉夜幕出來尋找獵物。牠們超強刺耳的嘶鳴，穿林越野，比貓頭鷹更恐怖，叫人退避三舍。

橡林裡，有一種聲音從童年開始就叫我懷念，那是橡實的爆裂聲。每年八、九月，橡實皮皺成熟的季節，麗日沖天裡「嗶剝嗶

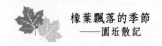

剝」的聲響此起彼落，響澈橡林。不只在日間，橡實大量成熟的時刻，晚間叢林裡也傳來「嗶剝」的響聲；靜夜裡那聲響更顯得有節拍和更清脆，同時聽來更有親切感，宛如林間彈奏的小夜曲！

在園坵裡生活的人們，雖然熟悉夜裡橡林脈膊的跳動，但很多夜聲同他們的生活並沒有產生任何密切的關聯，唯橡果的爆裂聲令他們欣慰和喜躍，這頻密的「嗶剝」聲響含蘊著希望與鼓舞：要珍惜每一個晴朗的日子，又到了橡樹豐產的季節啦！

1966年8月26夜於雙溪邦谷園

1966年9月6日星洲日報〈星雲〉版

沒有黃昏的日子

　　宇宙的創造，不管像華人說的是盤古氏，或者西方人相信的上帝，這天地的開創者同樣偉大與不朽，把我們的日子平均分配，讓我們享有白天與黑夜。白天我們在陽光下享受溫暖的撫愛，竭力盡心去經營生活；夜晚藉靜謐來安眠織夢，讓疲累後的身軀釋放一陣輕鬆與閒逸。

　　而更值得頌讚與懷念的是，在日與夜吻別的交匯點，還劃分出一個絢爛多彩的黃昏。你能不欽佩這天地創造者的得意安排與賜予麼？誠然，黃昏是短暫的，它像一個倏忽趕程的過客，向大地的人們揮一揮衣袖，點一點頭便掠過長空，失落在灰蒙蒼茫的暮靄中，但黃昏永遠鑲滿繽紛那身影，卻如此閃爍而醉人。

　　黃昏，的確走得匆匆，假如我們不是特別留神，視覺不夠敏捷，我們將無法看清它離去的煞那面貌，捕捉它恍蕩阿娜的神彩。生活在園丘裡，在橡樹葉叢的重重掩映下，我們便是這樣缺席於黃昏美麗的盛宴。也因此，我們對黃昏有更殷切的憧憬與渴望。

　　偏偏，長期被橡樹高聳稠密的濃蔭籠罩著，我們所過的日子彷彿沒有黃昏。每天當太陽向西邊沉落，當我們的神經由緊繃疲困逐漸回復活力，想靜靜地沉醉在黃昏的旖旎裡時，樹影與綠葉形成

的自然天幕,把黃昏所有的胭脂和彩霞攬盡,揮落的只是灰朦與昏暗。

而黃昏永遠沒有眷顧橡膠林,不,應該說沒有眷顧生活在膠林裡生活的人們。黃昏的跫音只匆匆地掠過橡林的空穹,不留痕跡,也不作任何回眸,一娜身影就消失在樹叢的山腳下了。

我知道,這時刻,如果盤桓在遼闊的曠野上,或徜徉在海邊的沙岸上,夕陽紅如火,我就可以投入萬縷彩霞裡,沐浴在繽紛的波光山映中,遠眺變化無窮的霞光夕暈在暮靄中燃燒天空的奇景,漸漸從淡而濃,又漸漸由濃而淡,直到落日墜落了地平線……。

這樣使人陶醉與響往的黃昏,似乎每天都與在日落交匯成一幅瑰麗的自然畫面,可是,生活在橡樹林間的我們,連黃昏的名字都感到陌生,而對漫天彩霞就更加疏遠難以觸摸了。所以,在林密葉茂的園坵裡,只有晝夜交替,落霞與黃昏的影子永遠成為掛在天邊的彩畫,一個永遠無法看清面目的幻影。

在我記憶的港灣裡,曾經有過一個瑰麗的黃昏。在跨出校門那一年,同學們為了讓回憶的杯子斟滿鮮花與醇酒,我們在西海岸一個漁島度過一周雲彩的時光。我們浸在腥鹹味的藍波中,望著夕陽向西邊地平線沉落那張醉臉,半個天空紅似五月的榴花,縷縷落霞漏下來的斜暈,幾疑是海上有花瓣紛飛飄落呢!

那繽紛的日子遠去了,同窗的音容也逐漸模糊了,但我堅信別後他們可以從生活裡享受更多美麗的黃昏,接近更多彩霞燦爛的日子。而我,孤獨走進了深邃廣袤的橡樹林,多年來總盤桓在黃昏的籬笆外,不過,我並不因此失望或嘆息,沒有黃昏的日子,只是意

味黑夜的步調稍早。經過黑夜的熬鍊，黎明總會依時出現，我們一樣享受到暖和的陽光！

1966年10月15日寫於雙溪邦谷園
2010年3月12日重寫於雙溪大年城

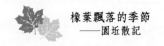
猢猻

在樹上生活的動物，除了松鼠，沒有那一種可以跟猢猻較量身手的了。每次在巡視膠林時，望著那群在樹巔逍遙跳躍的猢猻，我心裏總不禁如此想。

的確，猴子越樹過枝的本領是令人驚歎而佩服的。它們肢壯臂長，指爪有力，能夠從這棵樹縱身一躍，抓住另一棵樹的枝椏，就這樣樹過樹、枝過枝地在橡樹間來來去去；而更使人驚訝的是，那些腹中馱著小猴兒的母猴，它們在樹行間奔跳自如，身手動作的靈活一點也不受影響呢！

膠林又不是果園，怎麼會出現猴子？或許有人這樣問。其實，園坵遍野都是猢猻的蹤跡，它們靠橡樹嫩芽與青橡果過活。何況樹上匿藏的鳥巢還有鳥蛋，河岸的野山楂也四季開花結果。猴子當然更喜歡甜滋滋的榴連、山竹、紅毛丹和芒果，但果實是季節性的，所以平日猴子多數在橡林間出沒，尋找食物。

猴子群集在膠林中，的確是逍遙自在的，毫無顧忌的，雖然它們偶而會糟蹋膠工的食物，卻很少人刻意去戕害它們。而我卻在一次怒火燃燒中，槍傷了一隻猴子，成為終身的遺憾。

成家之後，我在園坵的宿舍靠河，河畔對岸有片狹長的空地，為河流保留地，長期一片荒蕪，衍滿藤蔓與野生雜樹，雖然在屋後

隔河，看過去也挺為礙眼。讓其雜亂置空，不如化點時間，投入氣力，加以綠化。做了決定，於是下班回來，招了幾個工友，砍樹除草，幾個星期揮汗終見土壤。接下來就是耕土栽種，紅毛丹、芒果、蔬菜、香蕉，都很容易生長與管理的。

接近一年，其他果樹仍在成長，香蕉爭先吐蕾獻花了，兩個月後眼見香蕉就豐滿得可以收割，沒想一天下午我去對岸巡視時，香蕉樹只剩下空梗，抬頭遊目搜索，樹叢裡的「哦哦」傳來叫聲，原來一群猢猻享受完香蕉餐宴，正在樹梢上歇息。此情此景，直教我無名火起三千丈，即刻跑回辦事處拿出獵槍和子彈，三步併作兩步回到現場，槍管對準最近的一隻猴子，拉動扳機，隨著「砰」的槍聲，那傢夥從樹梢翻下來，其餘的猴子見勢不妙，四處竄逃了。

這次的槍彈馴戒，果然湊效，好一段時間，園地沒有猴子喧鬧，蔬菜果樹也安寧生長。我自然暗自慶興，覺得是一場勝利。然而這勝利，卻帶給我深深的內疚，還有不安。

幾個月後的一個黃昏，我循列到河岸園地去灌溉農作，發現草叢裡有隻猢猻，起初以為那群傢夥又再回來覬覦我的果實了；再看仔細，只見到是孤獨的一隻，而且一拐一跳，顯然其中一隻臂膀已經失去活動能力了。我忽然想起為了一樹香蕉，幾個月前我所發射的一槍，擊倒的會不會就是這只傷殘的猴子？

看它吃力移動的影子，乾瘦而遲緩。我不敢趨近牠，怕驚嚇牠。牠已經不能攀樹蹬跳，無法追隨其他同伴過正常的日子。牠無援地，在叢林裡過孤獨的生活。

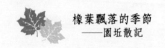
突然我想到，那是我今生射擊中，最最失敗的一槍。

1966年3月31刊於星洲報〈星雲〉版

2010年3月8日重修於雙溪大年

蝙蝠與果子狸

七月，萬果飄香，是半島人人渴望和期待的果節。

平日寂寞寧靜的果園裏，這時候處處蕩漾著人們的歡樂聲。許多遠居城市的人們，不顧路途顛躓難行，到果園來光顧。因為只有在果園裏，果類繁多，可以任由挑選，而且價錢也比較便宜。

在果節裡，各種果類先後成熟，最先是濃香誘人味蕾的榴槤，緊接吐豔的是毛茸茸的紅毛丹和嬌滴滴的山竹，還有芒果、冷剎、大樹菠蘿……芳香四溢，應有盡有。這時候走進果園裡，看見果樹上結實累累，不只萬物之靈的人類垂涎欲滴，許多小動物也一樣聞香出現，想與人們爭先舐嘗呢！

喜歡吃果實的小動物很多，其中以松鼠、蝙蝠與果子狸最為活躍，牠們膽敢冒著槍桿和子彈的危險，到果園來掠奪。松鼠只在白天出沒，還算容易對付和預防。但蝙蝠與果子狸則是夜間活動的傢夥，常常在夜深人靜的時刻偷襲果實，縱然持槍，要驅逐牠們也非易事。所以，牠們無疑是果園最大的強敵。

園坵裡有間豪氣的洋樓，占地約兩英畝，洋樓周圍種植了榴槤、紅毛丹、山竹、芒果和大樹菠蘿，形成一片小小的果園。果園雖小，每當果實成熟的季節，夜晚引來成群結隊的蝙蝠，還有雙眼閃亮的果子狸。

這種蝙蝠，不同每夜飛來捕食蚊蚋的那種小蝙蝠；牠們的體型比食蟲蝙蝠大得多，約有一公斤重，專吃果花與果實。日間牠們深居在人煙跡滅的山洞或深林裡，每到黃昏薄暮即群集出來活動，有時飛到幾百里外尋食。

蝙蝠屬鼠類動物，俗稱飛鼠，大蝙蝠因為喜愛水果，也被叫做「果子峇」，整身長滿棕褐色的茸毛，齒尖爪利，身體兩側有兩片巨大的薄膜，張開足有一咪長，這就是牠們飛行的「翅膀」。蝙蝠視覺遲鈍，聽覺異常靈敏，有聽聲辨物的本能。一但發現了果園，不管路途有多遠，都會飛去飽餐一頓，直到果實吃光了，牠們又尋找新的目標。

蝙蝠特別喜歡吃紅毛丹，山竹、龍眼、冷剎，和一種馬來族叫「波士堆」的果子。牠們的食量很大，而且來時總是成群結隊，如果沒有人干擾，一夜之間牠們可以把三、五棵紅毛丹或冷剎吃光，令果農欲哭無淚！

雖然，多數園主都擁有獵槍，唯槍彈對蝙蝠未必管用。牠們在果樹的葉叢間飛行，停下來覓食時薄膜收合，又有綠葉與果實為牠們掩護，要以槍彈射擊絕非易事；同時，蝙蝠鉤爪銳利，往往擊中了依然鉤在枝條上，死了也沒有掉下來。大蝙蝠肉嫩味美，是野味饞者的目標，但是獵蝙蝠有個訣竅，趁牠們飛行時射擊，中彈的就會墜落。所以，獵蝙蝠要選月明星稀的晚上，可以看見蝙蝠忽忽飛舞的影子。

其實，有一種方法足以驅逐蝙蝠：把一盞煤油大光燈打足氣體，用繩索掉在果樹上，蝙蝠懼光，不敢靠近。這是既簡單又實惠的驅逐法。每當果實成熟的季節，也是蝙蝠最活躍的時候，果農為

了安全，就在每棵果樹上吊著晃晃的大光燈，形成七、八月果園夜裏特有的景色呢！

除了蝙蝠，果子狸也在夜間的果園出現。聽其名，便知這種動物嗜果如命了。果子狸原名叫麝香貓，身上渙發一種有如麝香的氣味。果子狸喜歡棲息在橡林邊緣的河岸灌木叢，平日靠橡膠果、蝓螺、野山楂和樹木的嫩芽過活；到了萬果飄香的季節就轉移目標了，夜裏潛入果園飽餐，拂曉時刻又回到河岸隱蔽的叢林。

果子狸嘴尖尾長，大隻體重約有三公斤，有灰黑與灰白兩種，尾巴呈黑白條紋，雖善於爬樹，卻缺乏松鼠和猴子的靈活身手，所以大部份時間都在地面活動，性好獨來獨往，不像蝙蝠一般成群結伴在果園明目張膽大快朵頤，對果實的危害顯然比蝙蝠小得多。但是果子狸體大食量驚人，幾乎無果不吃，吃無不盡，一棵果樹若被果子狸盯上，果實縱使有餘剩，也屬百孔千瘡與慘不忍睹了！

獵槍和子彈，是對付果子狸最有效的武器，牠們的眼珠夜裏發出兩道炯炯金光，很容易發現牠們的蹤跡；同時眼睛一遭燈光照射，牠們即看不見景物，遂淪為槍彈的目標，難逃厄運。蝙蝠善飛，松鼠會跳，果子狸行動笨拙，所以常遭射殺！

蝙蝠與果子狸，都在果實成熟的季節裏頻頻出現。這兩種專吃水果的動物，其肉不但鮮美，據說還滋補，被視為不可多得的野味，在果季遍嘗水果之餘，獵三幾隻蝙蝠或果子狸嘗嘗，那才真正領略到果季多彩的滋味呢！

> 1966年7月23夜寫於雙溪邦谷園
> 2010年3月2日重修於雙溪大年城

盲眼蛇

　　有的蛇，白天活動晚上也活動。但是也有不少屬於晝伏夜出的蛇。這種日裡躲藏入暮活躍的爬蟲，不是為了逃避人類，而是由於「日盲」，好像貓頭鷹一樣，眼睛夜裡才看見東西。

　　來到北馬的吉打州中部，才知道有這麼一種蛇，白天是「瞎子」，到了晚上卻生龍活虎，四處奔竄，找尋獵物充饑。不過，別以為這樣牠在天光化日下就毫無防避，可以任由擺佈。

　　這種俗稱作「盲眼蛇」的毒蛇，實際上對膠工比極毒的眼鏡蛇更具威脅性，原因是牠體形瘦小，只有姆指頭般大小，不到兩呎長，這還是其次，要命是牠的體色與枯葉相似，白天又老喜歡藏躲在落葉底下，難以發現牠的足跡，這才是奔走在橡林裡的膠工最大的致命點。

　　眼鏡蛇雖毒，但滑行遊走時窸窣有聲，遇敵還舉頭蹺首，呼呼吐氣，給對方一個禮貌的告戒，漾漾然一副君子風度。從這個角度觀察，盲眼蛇顯得陰險奸詐，它休眠時隱身葉底，蜷疊成圈，一聞風聲雷響，就對著方向輕輕一啄，往往擊中我們的腳踝，輕則入院打針，重可丟命！

　　有位勤奮的膠工平日放工回來，喜歡在屋後空地種植，有天在剷剷鋤鋤之際，腳踝突然一陣邃痛，接著鮮血簌簌而流，撥開雜草

尋覓，赫然發現一尾孵卵的盲眼蛇。擒之，人與蛇一起入院，打針消毒，但傷口無法復原，周圍還冒起毒泡泡，兩周後返魂乏術。

　　盲眼蛇也是河蛙獵手，常在晚間爬近河岸守望，與膠林生活的工友分享美羹，因此我們捕蛙得全部武裝，最重要要穿著膠質長筒靴，保護膝蓋以下盲眼蛇觸及的部位。

　　常言不吠的犬最可怕，想不到無聲無息的盲眼蛇也一樣難以防避。

野火

　　自童年開始，我對野火便存有戒心。那時家居橡膠林，又是亞答蓋頂的板屋，每年乾旱燜熱的二、三月，橡葉飄落的季節，橡膠林漫山遍野堆積著枯乾的葉子，星星之火都會把整遍橡林變成熊熊大火，不只焚毀膠樹，還怕波及我們的庇佑所。「亞答」是一種長在沼澤的棕櫚樹葉編成的蓋房子材料，與枯橡葉一樣容易著火燃燒。

　　是故，野火是我童年旱季裡的夢魘。曾經在半夜被父母親叫醒，帶著惺忪的睡眼到住家鄰近幫忙滅火。大人用膠桶盛水撲火，兒童就採摘灌木連枝帶葉向野火撲打；有時鬧到東方吐白火勢猶在暴虐呢！

　　沒想年長後在廣袤的園坵裡奔波，系統化管理的橡林依然遭遇野火無情的暴虐，甚至有時來不及灌救橡樹也被焚毀，造成莫大的損失。

　　可怕又可憎的橡林野火呵！

　　火燒膠林的故事幾乎每年循環不息，起因是落葉堆積與氣候乾旱，炙熱如火傘的驕陽助長了野火的威勢，把枯乾的橡葉吞噬得啤啪作響，烙傷了甚至燒枯了一棵棵原本生機蓬勃的膠樹。

　　這些都是令人嘆喟的悲哀事件，膠工或許就在野火肆虐後失去工作。但是，這樣不幸的悲涼事件每年串演著，延續著，在每年悶熱乾燥的二、三月，每年苦旱又逢橡葉飄落的季節裡。

　　一棵橡樹從幼苗歷經風雨到成長，到可以生產有經濟價值的結晶——膠乳汁，要跨過六、七的生命之旅，開墾、耕土、培苗、下種、除草、施肥，每一項工程都是歷盡血汗的艱辛經營，在攸攸的歲月裡苦守、等待，度過無數掙扎與拼搏，才見到一棵橡樹欣欣向榮，才見到收穫。

　　這些無窮估計的金錢和汗滴，卻因一場殘酷無情的野火而在煞那間幻滅，怎能不叫園主傷心欲絕，叫膠工落淚涕零？野火燒烙過的橡樹，乳汁漸漸減少，樹皮漸漸枯槁，最後是奄奄一息。

　　所以，從年幼的鄉下橡林至年長的大園坵，我對野火的那股恨意始終未減。每年旱季見到橡葉被炎陽燻黃，在熱風裡蕭蕭瑟瑟將即飄零的時候，我就趕緊作好各種防火的準備，簡單設備如掃落葉的竹耙，撲火的舊麻袋，盛水的塑膠桶；等到北風呼呼黃葉紛紛自枝椏飄飛，就要分配工人在午後到處巡邏。這時刻膠工已把膠汁挑回秤膠棚，橡林裡謐靜無人，光禿禿的林野熱浪如焚，這情況落葉最易著火。

　　有時乾旱嚴重延續幾個月，彎河乾枯了，沒有河水防火就得改轅易轍，吩咐巡邏工人將路邊的落葉掃走，形成一條防火帶，提防路人丟擲煙蒂，讓星星之火變成熊熊的烈火。

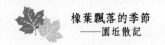
　　總之，乾旱的落葉季節是一個令人煩憂的季節。慘遭野火洗禮後，大地變焦土，橡樹成枯木。野火燃燒的何止是一棵樹，它的烈焰在吞噬與毀滅綠色的生命啊！

1968年2月9日初稿

2010年10月26重修

生機

　　每年，在亢旱悶熱的季節裡，橡膠樹都遭受一次苦難——綠油油的搖曳生姿的濃葉，被日子催老，被炎日烤黃；然後在北風呼呼的咆哮中，紛紛飄落，唱著淒涼的輓歌四處流浪。

　　這季節，橡林沒有一處蔭涼，橡樹沒有一片綠葉可以遮蔽陽光熊熊的烈焰。棵棵橡樹了無生氣，舉著光禿禿的枝椏。平日啁啾不停的鳥聲，這時轉到河岸雜樹叢林裡了；枝頭上蹦跳嘶嚷的獼猴與松鼠，也消逝了跡影。

　　落葉季節的橡林，一片蕭索與冷寂。

　　可是，不必失望，更不必唉聲嘆息。有死亡，才有新生；拚棄了腐朽的，淘汰了蒼老的，新生的一代才能生長。橡樹，落盡了葉子，只要根群活著，便有重生的機會。

　　今年，旱季特別漫長的一年。已經亢旱三個月了，而雨的訊息依然渺茫，白天裡乾旱的北風依然颼颼猛吹，炙熱的太陽也火龍似地吐著氣焰。而野草呢，花木呢，因耐不住熱浪的強風而奄奄一息了。泥土龜裂，小河斷流，一切有生命的都在等待雨水，希望來一場甘露滋潤大地，讓植物恢復生機。

　　此刻，橡樹是怎樣的一片景象呢？橡樹堅毅的生命力令人感嘆，它倔強耐旱叫我們驚詫。不管氣候如何惡劣，當落盡了葉子，

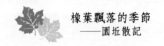
它便鼓起勇氣，作萌芽長葉的準備了。幾天時間，當你重回橡林，枝頭上不再光禿禿，而是掛滿油嫩的新葉片了。

這是新的開始，新的生命，它們從油嫩逐漸成長、壯大，同時葉腋間冒出了細幼的小黃花。等到葉片轉成亮麗的深綠色，已是一叢叢經得起風吹雨打的新生命，它們給橡樹以滋養，豐富的膠液燃起膠工們的希望。

深綠的橡葉象徵蓬勃，帶給膠林青春與活力，無限的生氣和蔭翳。如果此刻你站在高崗上，遠眺樹樹蔥蘢欲滴的綠海，你會欽佩橡樹新生的力量，欽佩橡樹不畏乾旱而毅然舒展的生機。望著搖曳生姿的葉叢，心中油然萌起陣陣鼓舞，一種不向氣候與環境屈服的毅力。

再過不久，橡葉濃密了，小鳥、猢猻和松鼠回到膠林活動了。這陣子雨聲開始了，一陣微風吹過，一朵朵，淡淡的小黃花淅瀝瀝、淅瀝瀝像細雨一般落下來，撒在枯葉上，飄落在小河裡。

這時候，展露笑容的膠工們忙碌了，早早起身，頭頂上掛著一盞燈便出門割膠了，他們知道橡葉濃綠的季節就是豐收的時候。

由於根鬚活著，橡樹很快回復了生機。只要希望的火焰不會熄滅，一切困難都可迎刃而解。

1968年2月26日夜寫於吉打雙溪邦谷園

熱鬧的日子

　　園坵的生活是謐靜的，工人平日很少接觸到娛樂。有些園坵地處偏僻，遠離城鎮，沒有公共交通，膠工沒有機會外出，每天為三餐溫飽而奔波，經濟能力有限，侷限了他們尋覓娛樂的機會。

　　所以，長期生根蒂固在他們心中的，只有工作與休息。他們的生活節奏規律枯燥而刻板，就像一泓靜穆無波的潭水。

　　然而，園坵每月也有兩次定期的熱鬧，那是發薪的日子。

　　膠工每天比太陽早起，頭上扎一盞燈，在別人仍在尋夢時刻就冒風逐霧，走上生活的疆場，照亮一棵棵橡樹。工作辛苦，工資菲薄，加上百貨騰漲，生活就更如百上加斤了。

　　即使生活清苦，生命充滿坎坷，膠工仍有展顏歡笑的時刻，就在領薪的日子。耗費了幾許心血，煎熬了多少睡眠，天天在營營碌碌裡磨蹬時光，有誰不渴望見到耕耘的心血結晶呢？

　　去問問農夫，當金黃的稻穀收進倉庫的心情！

　　去聆聽小蜜蜂兒，將花汁釀成蜂蜜所奏出的歡唱！

　　發薪的日子，當響亮的鐘聲「鐺鐺」敲響，膠工以輕鬆的腳步從宿舍走出來，開始在辦公所前聚集，以愉悅的心情領取自己的血汗累積。

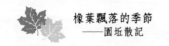
　　這天是園坵熱鬧的日子。那些平日到來兜售生意的小販，最常出現的是賣麵包、霜淇淋、叻沙麵、豬肉販和蔬菜商，都消息靈通趕到園裡來。這天不但可做到現款生意，同時可以兼收貸欠的賬目。這時刻，平日寂寞的園坵人來人往，腳踏車、摩多車、汽車，剎那間川流不息，更有臨時擺攤賣水果、雞鴨、服裝、日常用品等，辦公廳前的泥路人潮像墟市，忙碌、熱鬧、喧嘩。

　　那間園坵唯一的野店，平常的日子門庭冷落，這天也顯得特別活躍。膠工領了薪餉，還賬的還賬，購貨的購貨，生意滔滔，把野店擠得熱烘烘。也有不少膠工騎腳踏車或乘霸王車到附近的小鎮，採購野店欠缺的物品，或者尋找更底廉的米糧；也或許在園坵沉悶久了，出去抖擻抖擻身軀，讓精神充電。

　　印度膠工擁集的椰花酒廊，這天酒廊的生意更是超常的盛旺，嗜酒如命的男女酒客，薪金一到手，馬上舉杯向酒廊的小窗擠，三杯下肚，天南地北胡言亂語了。

　　發薪日，替園坵平添了幾許活力與生氣，也替膠工織造許多希望與夢想。

1971年12月1日寫於雙溪邦谷園

黎明的鐘聲

「噹噹噹……」

「噹噹噹……」

只要長空裡有星子們的呼喚，只要風雨的跫音不來，在遼廣的園坵裡，當黎明微展眼膜的剎那，我們便可聽到如此的鐘聲。

執行敲鐘的人是園坵的工頭。一條幾呎長的「工」字鐵板，懸在吊架上，以一支鐵錘敲擊，就會發出「噹噹噹」的聲響了。

這響亮的鐘聲，來自長屋的一隅，聲浪戳破夜幕的靜謐，傳到每一戶人家，敲響人們的夢境。但是，對這黎明的鐘聲，誰也不惡心，反而深深感激，感激那個工頭，在眾人沉睡時刻即起身執行任務，以鐘聲喚醒大家一起爭取晴天。

園坵的夜晚是靜寂的，但園坵的黎明卻熱鬧而忙碌，尤其是在鐘聲響過之後的那段時間裡。

鐘聲，響了。

黎明的跫音將要踏破重重的黑暗和恐怖。

這時候，膠工們的心情充滿著喜悅和緊張。

他們喜悅因為又是一個晴朗的日子，可以讓他們在陽光下的膠林裡揮汗；他們緊張，因為鐘聲已響，他們必須在第二遍鐘聲敲響

前趕去集中地點報到。遲到了，會被管工責問的，重復遲到還會遭斥「吃風」呢！

膠工起床後，草率地用過早餐，換上一套黏滿膠跡的衣褲，便匆匆地挑起膠桶出門了。

此刻，最為忙碌的是有孩子而無人照料的母親了。為了使自己安心工作她們必須把孩子送去褓姆房，讓園坵僱請的褓姆看顧。

隨著「噹噹」的鐘聲響起的，是製膠廠裡軋軋的機器聲。輪齒與輪齒的碰撞聲。水泵軋軋的抽水聲。膠片壓薄機的旋轉聲……。這種種振耳欲聾的聲響，交織成一支複雜的晨曲，在啟明星寥落，晨光欲露的園坵上空震蕩著，震蕩著……。

園坵，就像其他的鄉村一樣，黎明的時氛一到，一切便都甦醒，一切便都活躍起來了。

「噹噹噹……」

鐘聲，響了。

生活在園坵裡的人們，誰都熟悉的，這是第二遍響起的鐘聲了。第二遍的鐘聲是一道軍令符，是出發的號角，要大步跨出家門了。

於是，這裡那裡，都是恍動的人影。這裡那裡，都是雜亂的人聲。

不到一刻鐘，膠工已屬集在一處了。逐個點名報到後，囉厘便像一頭剛從夢寐中驚醒的獅子，帶著一聲怒吼從車房裡衝出來。

這時候，膠工騷動起來了。

大家提著膠桶和扁擔，爭先恐後擠上囉厘。

　　於是囉厘的引擎聲，桶與桶的碰擊聲，加上人與人的叫嚷聲，形成了製膠廠以外另一支無譜的樂曲。

　　呼喚著晴天，每個人都到了自己工作的崗位，燃起了「頭燈」，照亮了一棵棵橡樹，開始一天的生計了。

　　而此刻，許多人猶在窩裡酣眠呢！

　　然而，遼闊的橡林已經醒來，自燈火不停的飄蕩中；醒來，自黎明「噹噹」的鐘聲裡。

1972年7月16日刊於《南洋週刊》

第二輯

彎河的故事

彎彎的小河從沒寂寞過，
縱使在橡林一片蕭索的落
葉季，因為河邊蕩漾著陣
陣摸魚的歡樂與笑聲。

彎河的故事

之一：淹水的煩惱

　　面積兩千三百英畝的膠林，說大不算大，卻也不能算小，竟消磨了我二十五年悠長的時光，不累不倦，營營碌碌。直到現在，我還覺得那段生活經歷決定了我後來的人生路程。

　　以河為名的這個園坵，是一片平闊的沃土，小河是它的分界線。Sungai Bongkoh馬來語意即彎河，小河的確蜿蜒如一條大蟒，穿越兩岸的膠林叢野，奔向紅樹林沼澤，最後匯入大海。

　　假如要問，漫長的日子有什麼事情最令我刻骨銘心，最快閃入我腦海的是，淹水的記憶。淹水的原因，主要就是這條河，這條只有五米寬的彎河。

　　晴朗的日子，小河湲湲而流，不緩不急，一幅溫柔可親的面貌。想不到怒吼的時候，它竟那麼地獰猙，令人煩惱！每年八、九月，風雨連綿的季節，忽然幾天繼續豪雨，洪水驟然從上流奔下，經常泛濫成災；小河變成一泓滾滾濁流，漫上兩岸，低處的橡林與住宅成了一片汪洋。

　　我的宿舍雖是高腳板樓，卻是最靠近河邊的一幢，所以雨季一來，風雨呼嘯的夜晚，總無法成眠，隨時隨刻都要作好防澇工作。膠林有近半土地淹沒在洪流裡，割膠要停工，同時連續好幾天泥！

水患在白天，應對還較容易，但洪水驟至常在夜半三更，當聽到村犬不尋常的狂吠，驚醒時樓底已水深多呎，板樓周遭已水勢洶湧。夫妻於是愴惶起床，先將不能沾水的傢俱墊高，貴重的物件先處理，但每每顧此失彼，總有遭洪水卷走的物品；有時連豢養的雞鴨也難倖免，隨波流飄逝。

板樓朝路，廚房建在後面，最近河邊，最先遭河水眷顧，冰櫃笨重，又忌潮濕，得涉水找工友幫助移到高處以策安全。

每年雨季，都遭遇相同的災難。有時洪水退後把器物搬回原地，才恢復舊觀，不到幾天又豪雨傾盆而來，河水告急，又忙另一場浩劫！

之二：消失的鴨影

由木匠代勞釘了幾間雞寮，雞寮周圍還加上鐵絲網，這樣餵養時就有更多的活動空間。鐵絲網按個板門供出入，養料撒進去，把板門虛掩，自己的雞鴨可以在圍網裡自由啄吃，外邊遊蕩的貓狗雞鴨怎麼也闖不進混吃了。

養雞後不久，養鴨也開始了。鴨的靈活性不如雞，所以鴨寮宜矮，養到兩個多月後，童鴨就不避風雨，可以在鐵絲網範圍內露宿了。

那時純白的北京鴨很少見到，我們選養泥鴨，也叫番鴨，就是「紅臉」的那種，所以也有人叫紅臉鴨。鴨種是從巴剎買回來的，養大後毛色黑白相間，村莊裡別人養的都是這般顏色。母親說雜色番鴨有「毒」，吃了會舊病復發，純白的才可安心吃。難怪她在家鄉飼養的番鴨全是純白色的。

　　有一次我們返鄉過年，回程的時候二姐送我們一對雌雄番鴨，叫我們帶回留著配種，母親高興得不得了。我雖不信雜色番鴨與純白番鴨的體肉有何差異，但純白的番鴨與北京鴨一樣羽毛柔潔如棉絮，外觀看來的確可愛，給人一種舒服感。

　　可惜，純白的鴨種還未交配出來，這對雌雄番鴨竟因淹水而失蹤了，這確是令我們心痛不已，尤其是母親。

　　那年雨季特別長，大雨連續下了一星期，夜半醒來洪水驟至，高腳樓底前後左右全是黃澄澄的濁流了。搬好重要的家俱往雞寮一看，高腳的雞寮岌岌可危，還來得及打救，但那群番鴨全部失蹤了。

　　板門已遭洪流沖開，水對於鴨，一如水對於魚，那有不雀躍萬分之理？拿著電筒周圍照照，到處滔滔洪水，更遠的地方一片漆黑，那裡有鴨蹤！

　　翌日中午，洪水稍退，我沿著河岸一面走一面「鴨鴨」地喚，一直喚足幾公里喚到下午，只有快快地回頭走。那兩隻從故鄉跟著我們乘火車跨州來到園坵的純白番鴨，傳種的史命沒有完成，即消失在滾滾的波流裡了。

　　母親也因此傷慟了整個月。

之三：雨季的夢魘

　　我們很難想像，平日潺潺而流的一條小彎河，一到雨季就咆哮泛濫的狂態，不單遍野的橡樹浸在水中，宿舍與辦公廳也遭殃，到處茫茫一片，泥路受阻，觸目驚心，整個園坵陷入癱瘓狀態。

　　所以，雨季一來，我的夢魘就開始。不只是我，凡蟄居這片橡林的人們，對彎彎的小河難免怨懟，卻同時又有恩寵，因為河裡匿藏著各種魚兒，最多的是生魚、泥鰍、鯽魚和白魚，是他們工餘閒暇垂釣的去處。此外，更有價錢不斐的鱉魚，潛伏在河灣深處，不易被人發覺；而兩岸雜草叢生，晚間成為田蛙出沒的場地，令饞客滿足味蕾。

　　小河如果終年平靜，的確帶給膠工無限歡樂，偏偏，雨季到來的時候，大家對著風雨發愁，擔憂洪水隨時迫岸。當然居所最近河岸的我，更是憂心忡忡。這幢洋人時代遺下的板樓，五十多年來，全靠修修補補來維持它的存在，年年遭洪水激蕩，卻依然屹立不倒，使我對房子的建構還存有信心。

　　園坵的辦公廳在我的宿舍的斜對面，僅隔著一條紅泥路，也是年年遭受洪水浸襲，因此淹水的時候我得兩邊忙，搬移文件職員人人有責；幸虧辦公廳地勢比我的宿舍略高，水漫較遲，讓我可以調整先後。

　　辦公廳最重要的是文件，經年累積在幾個鐵櫃裡，得逐個墊高，還有就是文具和膠工生產記錄簿，每本像小桌子那樣大，全部堆疊到櫥頂。最忌潮濕又是最沉重的是機房裡的存積的肥料和農藥，需要動用卡車與搬運工人，勞師動眾才能解決。

　　因為連年淹水，園主決定把辦公廳填高兩呎，沒想還是遭殃；辦公廳填土先後填了三次，才解救了淹水問題。

　　這就是雨季小河造成的災情。水退的時候，當我走進膠林去巡視，又是另一番驚心的場景：從上流飄浮下來的枯枝殘葉、塑膠

袋、空瓶子……，橫七直八卡在橡樹頭；再詳觀細察，很多膠杯被急流刷走，不知所蹤；有的則翻落溝渠裡，膠工開工的時候，需要東找西尋，把膠杯重新整合，才能恢復正常操作。

蜿蜒過園坵的小河，給膠林生活的我們帶來無限煩惱。

之四：旱季裡的歡樂

每年，當雨季的尾音戛然而止，乾旱遂即奏起序曲。在季節的變換中，橡葉悄悄地飄落，完成一場色彩斑斕的葬禮。這時候，膠液減少，過了中午膠林就謐靜無人了。

到了二月，橡樹只見光禿禿的枝椏，鳥兒與猢猻也轉去灌木叢避暑了。平日涼涼歡唱的小河在驕陽的熬烙下，氣勢開始滑落，不久就水聲沉寂，遇到嚴重的乾旱會造成河水局部斷流，只剩下河灣處形成的水潭。

水潭是靜止的，卻相當深，成為群魚求生的聚集處，也是防守的最後一道堡壘。炎陽如火傘，河水混濁，它們在河潭裡掙扎，不斷蹦竄，想呼吸一口新鮮的空氣，或者呼喚老天來陣驟雨解困。

可是，往往雷聲未響，雨水未到，魚兒已經成為膠工桌上的佳餚美味了。

原來群魚在河潭的動靜，驚動了岸上走過的膠工。沿河探測之後，知道那個河潭水淺魚多，招朋喚友，在放工後舀水摸魚。這方法極簡單，塑膠桶、煤油桶、鋤頭、鐵鏟，家裡就有的工具。

首先，在河潭下游用泥土築壩，以煤油桶舀水把潭水逐桶逐桶舀出，五、六個工友進行一場體能接力賽。隨時間過去，潭水逐漸

下降，最缺乏耐力的是銀鱗的白魚，水未舀盡卻已張口喘氣，翻起白肚，順手一撈就上岸了。其他魚類，如生魚、泥鰍、鯽魚，聰明刁鑽，聞潭水幌蕩就躲的躲、逃的逃，鑽入樹根或泥洞裡，與膠工演出一場捉迷藏遊戲。

旱季裡，陽光降溫的午後，河潭有人舀水摸魚，河岸上聚集了大群小孩和婦女，像街邊人群觀看賣藝者表演。滿身泥濘的捕魚工友，伸手探腳，向爛泥摸摸揑揑，當有人摸到一尾大魚，招在手中，不只同伴發出興奮的喚叫，岸上的群眾也驚呼不已，扶威助陣！

彎彎的小河從沒寂寞過，縱使在橡林一片蕭索的落葉季，因為河邊蕩漾著陣陣摸魚的歡樂與笑聲。

之五：尋找水源

因為雨季泛濫成災，小河衍生了許多問題，我們年年面對水患，心間積澱為難以泯滅的惡夢。

我們也永遠不會遺忘，小河對園坵的恩典。從洋人開荒種植橡膠樹開始，直到園坵轉手，小河都供養著在這片土地生活的人們。河水不只是食用水，耗水量最大的還是膠片製造廠。

洋人在近膠廠上游扎了一個小水壩，將河水抽上蓄水池，過濾後，再由水管輸送到膠廠和住宅區。所以，小河的河水就是園裡家家的生命水。遇上下雨天，河水總要混濁好幾天，是故，過濾器未必湊效，還要加放漂白劑，使河水沉澱，才能免強飲用，但還是帶點澄黃色。所以，白色衣褲，洗過幾次，就變成黃衣了。

　　園坵職工喝河水喝了幾十年。我來的時候，食水設施依然沒有改善，河水還是我們生命的甘泉。直到有一天，有人發現水壩上流的魚蝦無故浮肚死亡，知道是捕魚下毒的結果，園主怕因此危及人命，決定棄用河水，尋找優質的安全水源。

　　首先在住宅周圍試探「地下河」，認為這是比較省本的辦法，請來一批水源探測專業人士，幾個可能出現地下河的地點圈定後，鐵管錘下去，抽不到水；試探了所有圈定點，都徒勞無功，沒有帶來水的消息。

　　第一個尋找水源的夢想很快破滅了。但我們並不氣餒，反而聚精養銳，展開第二個探水的旅程，將水源的範圍擴大，把焦點放在遠離小河的低地；挖掘了一個大池塘，果然不到幾天池塘蓄滿了水，經過化驗可以食用，全園騰歡！

　　告別水壩後，池塘崛起成為我們的新寵，也是我們日常最關注的課題。但是，曾經長久哺育過無數生命的彎彎的小河啊，又豈能輕易地被橡林裡的人們從記憶中淡忘呢！

　　　　　　　　　　2005年5月刊於星洲日報〈星雲〉版

老膠樹變黃金

之一：膠樹的新用途

橡膠樹能作為工業用途，這無疑是橡膠行業的一個歷史性的「革命」，也使園坵種植界邁向嶄新的里程。

六十年代初，當我禦下校服帶著一臉稚氣走入膠林的時候，我國的橡膠年產量走在世界的榜首，膠樹的優良品種研究也在樹膠生產國之間統領風騷！

可是，那年代翻種老膠樹，成為園坵一項每年揮之不去的夢魘。除了要安頓工人，進行翻種的龐大開銷也總教園主愁眉苦臉。那時候翻種前清芭，把失去經濟價值的老樹鋸倒或推倒，一把火燒成灰燼，然後種植新樹苗。

那時候請人承包推樹清芭工程，以棵樹議價，每英畝園主得付出好幾百令吉。到了七十年代，老橡樹經過防蛀處理，可以取代森林木材製造傢俬。這項發現，得感激日本科技的領先研究。

橡膠木紋理亮麗、光澤斑璨，製造的傢俬今天已成世界暢銷的品牌，它的光輝卻被埋沒了半個世紀才發現。先前，許多老膠樹被焚燒作廢料化為塵土。

橡膠木製造傢俱和地板，這在橡膠業，是一個驚人的突破，扭轉了老膠樹翻種的頹勢，也給橡膠工業帶來了新機。

　　現在，老膠樹要翻種，不但不必化錢請人清理芭場，每英畝的橡膠木還可賣到四至六千令吉（視樹圍大小定價），而每英畝翻種費用約兩千令吉，所以砍伐老膠樹帶來經濟效應。園主非但不會愁眉苦臉，反而是笑口常開！

　　到了近十年，橡膠木的用途開發更淋漓盡致，除主幹圓木製造傢俬外，枝椏、樹根用機器打成碎糠，經過高壓，製成如三夾板似的隔板，銷售世界。

　　橡膠木全身都是寶。老樹，已變成了黃金！

之二：翻種

　　對於面積遼闊的大園坵，有秩序地進行翻種是每年一度的大工程，翻種面積多寡視膠園的大小而定。至於二、三十英畝的小園主，通常整片園作一次翻種。

　　每種喬木的壽命，都超越百年，膠樹自不例外。但是，膠樹經過了廿五年不斷採割，刀痕累累，第二次以後的複生皮膠汁稀少，而且皮層遍佈疙瘩，已經無法再採割。

　　樹齡超過廿年的膠樹，即使生長依然盛旺，一般上已被稱為老樹。這些老膠樹，五呎以下的樹皮已經失去經濟價值了，這時候要架梯子採割高部位，除了危險性，每割一棵樹都要帶著梯子走，當然比普通割膠法辛苦。所以，架梯子採割老樹的，似乎都是割膠的「學徒」。雖然近年來膠工摒棄梯子，以接長膠刀柄採割，但膠樹的割膠生命期限依然無法改變。

　　架梯子割膠最多維持五年，所以每棵膠樹的採割壽命是廿五年，接下來就要淘汰——砍伐了。

一棵成長的膠樹，能夠帶給園主二十多年的經濟收益，看來是一項很值得的投資，可是，近十多年來膠價一直搖擺波動，加上勞工短缺，令園主對翻種遲疑不決，很多園坵在無可奈何之下作了轉向，紛紛改種油棕了。

農業投資視經濟回酬為首要目標，膠園老樹翻種變為油棕雄霸的局面，在現階段仍然難以扭轉，我國原來的「橡膠王國」聲譽卻因此旁落，排名已在印尼、泰國之後。

大馬樹膠業的黃金時代，已走進了歷史。

之三：駁接樹種

駁接樹種的出現，在橡膠工業無疑是一個跨時代的進展。這項繁殖技術，對橡膠品種的傳播與改良演變，給園坵業帶來新的希望與長期的生機。

植物的繁殖分為有性繁植與無性繁植兩種。最早的橡膠樹都採用種子繁殖，所有植物的種子均由雌雄花交配而成，稱為有性生殖。橡膠子生樹PBIG（Perang Besar Isolated Garden）品種在橡膠栽培上有過輝煌的日子。

但是，自從駁接技術出現之後，新的改良品種不斷湧現，連優良的PBIG種子也被時代湮沒了，今天再也沒有種植人選種子生種。

植物無性繁殖的方法繁多，最常利用的是芽接法，也是橡樹目前唯一採用的品種繁殖法。芽接法首先要培養子生樹苗，作為砧木，利用優良品種（高產量與抗病力強）的潛芽移接到樹苗上，稱為「嫁接」，但一般人通叫「駁接」或「駁枝」，所繁殖出來的樹種稱「駁枝樹」。

子生樹由雌雄花粉交配所產生，第二代發生品種變異，無法保持品質。駁接樹種克服了這個大問題。芽接法繁殖保持了母樹原有的優良品質，而且比子生樹更易於傳播。

在植物品種改良的功能上，芽接駁種的無性繁殖成為種植業提高生產的大突破。不只是橡膠樹，榴槤、紅毛丹、芒果、荔枝和龍眼等果樹，都沿用了芽接法繁殖。

一些沒有分枝和潛芽的植物如棕櫚科、木瓜等，無法採用駁接法繁殖，今天仍然用種子傳播。

2004年8月刊於星洲日報〈星雲〉副刊

六十年代被推倒焚為灰燼，如今老橡樹卻
變為製造傢俱的昂貴材料。

1877年由巴西原始橡膠樹種籽移殖的百歲老樹,是大馬唯一
僅存的歷史性橡樹,長在霹靂州瓜拉江沙縣政署傍。這棵衍
生了無數後代把大馬橡膠業帶進榮景的母樹,如今依舊綠意
盎然,笑傲風雨。

頭燈話滄桑

割膠工人，都習慣早起。唸初小的時候，我是個超齡生，還沒有背書包上學，就先學會了每天跟著母親走幾里路到膠林裡去割膠。

清晨三點鐘，我們就捱著睡意在黑黝黝的膠林裡忙碌了。我們每個人頭上都掛著一盞煤油燈，手握膠刀，逐棵逐棵照亮橡樹的割口，切切切地割去一層薄皮，把膠汁引進昂掛著的膠杯裡。

那些閃爍不定的煤油燈，構造簡單，前面是一面邊緣微彎的鋅板，約有吋許闊，底層呈錐形，平底，添盛煤油可以站立，鋅板前有一支突出的細管，裡邊是吸取煤油的燈蕊，鋅板後面有添油的管口，通常被木塞閉緊，只在加煤油時才揭開。燈盞兩旁各有一「耳」，繫上繩索綁在頭頂，就是膠工夜裡摸黑割膠的頭燈了。

如此簡單的煤油燈，當然普通的打鐵店裡即可買到，售價也極便宜。可惜，煤油燈的火光熒熒如豆，除亮度不足，常有因風雨而熄滅的危險。另外，煤油吐出的火焰，黑煙團團，有時逆風煙團偶爾還會在我們臉上畫畫，留下斑斑黑跡。

六十年代過後，煤油頭燈逐漸被淘汰，而由「電石燈」取代了。黃銅打造的電石燈，由外國入口，是以電石（calcium carbide，

碳化鈣）作燃料。電石燈嬌小玲瓏，只有拳頭那麼大，分上下兩層，上層蓄水，下層裝電石，中間有一條細管控制水量，電石氣由一條小喉管傳到濾嘴，接一個圓形反光銀鏡，電石氣傳至濾嘴，打火機一點就吐火了。

電石是危險爆炸物，潮濕後容易燃燒，引起爆炸，鄉村馬來友族佳節燃放的「竹筒炮」，就是用電石引發的。把一小粒電石放進竹筒裡，倒入一點清水，從竹筒口點燃，「砰」的一聲巨響有如隔山炮一般驚天動地。

電石頭燈與煤油頭燈最大的不同是，煤油燈的火勢弱，火炷往上飄；電石燈靠氣體的的力量，火舌直射，火焰青藍色，加上由反光銀鏡集中火勢折向前方，把整棵橡樹照得一清二楚。電石燈最大的優勢是，風來不怕，雨打不熄，所以電石燈的出現，終結了煤油燈長期活躍在膠林的光輝。

電石燈腰間有個鉤，膠工把燈掛在腰帶，只把反光鏡繫在頭上，不像煤油燈須整盞繫在頭頂，沈甸甸地影響行動。由煤油燈轉向電石燈，也是割膠生活改善的一項演革。

進入20世紀，膠工的頭燈又再轉變，改用電筒式的乾電池頭燈，不但更光亮，同時也照得更遠，不畏風雨，目前市場上推出了多種款式，高品質的電池頭燈電池可以重復充電，也更持久和耐用。電池頭燈十分輕便，發亮部份擊於頭頂，電池繃在腰間，無論如何迅速轉身都沒有燈熄的危險。

　　割膠工業跨過了百年歷史，V型的膠刀始終不曾改變，而夜間照亮膠樹的頭燈已經經過了三次「大革命」，對於改善膠工的生活作出了貢獻。

2004年7月16日刊於星洲日報〈星雲〉版

2010年5月15日增修

為膠工提供了幾十年便利的電石頭燈，如今已被電池頭燈取代。

孤獨路上

一、寂寞板樓

大園坵為了方便管理，都分成幾個區。我任職的膠園不算大，只有3個區——總區、南區、北區。

初入園坵時，我被派往北區，管理一個近乎荒涼而又無電流供應的疆土，夜夜獨守一間數十年前由英國人打造的住所，剝落而陳舊得不堪風雨的板樓。

六十年代初油棕種植像個初生的嬰孩，在北馬還沒有落地扎根，我們園裡全是翁翁蒼蒼的橡樹。可是，我的疆土範圍都是老樹，洋老闆離開時拋下一個大包袱，由新園主忍辱負重去承擔翻種新樹的工程。

北區離總區僅兩公里多路，不是很遠，但我每天總要在這段山路來回幾趟，為了辦公和解決肚子問題。公司的辦事處、膠汁製造廠、職員宿舍、商店等設施都在總區，人口眾多，且有水電供應，與北區的荒涼殘景有天淵之別。

那時我還是孤身隻影，兩餐就在總區的商店解決。早餐不是麵包便是餅乾，有時是泡麵，靠自己料理。

　　所以，每天早晨走出那間剝落的板樓，便再也沒有回去。白天一半的時間投注在荒林裡，中午稱完膠汁便到辦事處辦公，晚餐過後才回北區的窩居。是故，板樓實際上只是一個供我就寢尋夢的地方。

　　膠林的夜來得特別早，晚餐後往往貓頭鷹與夜蟲都已伺機活動了。有時候飯後並不即刻趕路，留在同事的宿舍裡天南地北，或在野店裡閱讀當天的報紙，讓夜在字裡行間老去。

　　當大家將要滅燈就寢，我則帶著滿懷無奈，抖索精神，騎著那部老爺摩多，「嘟嘟嘟」趕一段崎嶇而黑暗的山路，回去那間沒有電流的寂寞板樓。

　　那段趕夜路的日子，卻磨練了我的毅力和心志。

二、蚊母鳥

　　以為膠林的夜是萬籟俱寂的，那一定是從來沒有在膠林生活過的人。其實，白天在綠蔭下活動的只有膠工，偶爾也會見到猴子和松鼠。情況頗為單調。

　　可夜裡的膠林就變得熱鬧異常、復雜多彩了。

　　當太陽向西邊沉落，黃昏撒下滿天霞光，膠林陷入了靜謐，但那寂靜只屬曇花一現。流霞散落夜幕低垂的時候，膠林的夜聲開始從四方八面響起；那些晝伏夜出的鳥獸、蟲蛇、夜蛾、流螢、河蛙，白天隱藏在稠密的橡葉叢裡，或河邊的雜樹灌木間，這時都把黑夜當作無邊的保護傘，迭不及待地出來舒展翅翼、活動四肢。

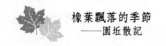

「咕咕咕⋯⋯咕咕咕⋯⋯。」密林中領先報到的是蚊母鳥——膠林裡一種專吃蚊子的禽類。這種羽翼淡灰而帶斑駁的夜鳥，兩隻眼珠黑夜裡紅亮亮地、陰森森帶有幾分恐怕，所以不受人歡迎，卻是專捕獵蚊子的益鳥。

蚊母鳥白天匿藏樹頂，特別喜歡選擇蔭暗荒闊的角落，孤寂地一動不動獨眠，牠像貓頭鷹那樣夜裡才看清方向，現身夜幕濃罩中的膠林。可是蚊子都是貼近地面飛動，所以一入夜蚊母鳥即從樹上飛落，站在泥路邊一面攔截蚊子，不時發出「咕咕咕」的叫聲。

有一段頗長的日子，我天天都要在晚餐後趕路，回到那間陳舊的高腳板樓，經常會與蚊母鳥在彎曲的泥路上不期而遇。

那時我還年輕，總是深宵霧濃時刻子然孤身上路，捕獵蚊子的蚊母鳥在泥路上出現，無疑成為我趕路的夥伴，牠「咕咕咕」的叫聲多少也沖淡了泥路的慌恐與悲涼。

夜裡的蚊母鳥是孤獨的，趕夜路的我，也是孤獨的。

三、煤油燈下

走出校門，告別了青澀的少年，我一個人孤寂上路，走入一個園坵當管工，住進一間年歲比我大幾倍的陳年老屋。

那是間殖民地時代英國人遺留下來的高腳板樓，兩個只有八方尺的狹窄房間，一廳，當然還有廚房和浴室，整間板樓佔地大約不到30平方呎，看去頗有嬌小玲瓏感。

　　板樓雖小，但一個人居住，一點也不會覺得狹窄。長期住慣「亞答」屋、腳踏泥土的我，感覺上這樣的環境比起家鄉草舍勝了幾倍。

　　唯一遺憾的是，年代久了，內外的板漆剝落殆盡，加深了它的滄桑感。同時，每片「魚鱗板」的連接點顯露縫隙，成為晚間蟲蚊飛進室內的窗口。

　　所以，門窗雖然框上了防蚊紗，一到晚上，我得夜夜與蟲蚊作戰。那種比蚊子細小的小蟲，成群結隊撲火，撞得大光燈叮叮作響，多次飛撲後就紛紛掉落地板，有些會撲到我的身上；被叮到，又癢又腫，比蚊子還可惡。這種小蟲，旱天特別多。

　　我的另一個對敵是蚊子。但出生在膠林叢野裡，從小跟母親挑燈割膠，對那嗡嗡的叫聲似乎習以為常，毫無畏懼。有時也用蚊香或蚊油驅敵，都不會持久，香盡味散之後，嗡嗡的轟炸聲又再響起，專向我的雙腳進攻。

　　有時候逼得你奈，只好用塑膠袋套著兩腳，這樣略為安寧，然嗡嗡的叫聲依舊不斷。

　　晚上，回到高腳板樓，我一個人在孤燈下塗塗寫寫。當年星洲日報〈星雲〉版一篇又一篇的〈園坵散記〉，竟在忍著蟲蚊的侵擾下成篇。

荒涼的橡樹林

　　畢業後不久，我告別了故鄉小城，也同時告別了那片與母親共同耕耘過十多年的老橡林，走向另一片廣袤的大園坵；但是，有點意外的我依然在叢草萋萋的老橡樹圍繞中，我腳下踩踏的仍舊是曲折的荒涼山徑。

　　不同的是，我轉換了身份，手中不再握膠刀，而是巡視割膠工作和記錄膠液生產。

　　園主從英國人手中接過的園坵，九成屬超齡老樹，不只需要資金進行翻種，同時雜草灌木叢生，一片荒蕪。接過園坵，接下一個沉重的擔子，得進行翻種新樹。

　　我來到園坵，新園主接管才一年多，舊觀未改，百廢待興，正是收拾「慘局」的時候。尤其我管理的範圍，清一色為老膠樹，有過半的老樹低部樹皮割完了，要爬上五呎高的梯子採割高部位的樹皮。

　　高過人頭的梯子，雖說是木枋打造，卻也不輕，人站在梯子上，一隻手扶著膠樹，另一隻手握膠刀，切切切地拉動膠刀，一棵接一棵舉著梯子在荒草間走動，重復地爬上又爬下割樹，的確不是件簡單的差使。

　　所以，每日清晨走入膠林，就像進入叢叢密林，在高聳的灌

木叢裡穿梭，撥開雜草尋找膠工的蹤跡，那時刻朝霧籠罩、晨露磅礡，出門片刻衣褲便一片濕濕濕了。

　　但我卻未退縮，也從不言苦，默默地接受生活的挑戰。比起割樹膠的工人，我較他們幸福多了。

　　這樣的環境，對我一點都不陌生。童年的時候，我的母親長期都割老膠樹，我每天跟著她在園裡奔忙；我割低部位的膠樹，母親架梯子爬上爬下，一樣的蒼年老樹，一樣的叢草荒涼，一樣的霧濃露重，我們還是摸黑挑燈夜割呢！

　　是經過童年環境的磨鍊，使我投入社會後保持著一份對生活堅毅不拔的心。是貧困砥勵了我，也是母親成就了我刻苦耐勞的不屈精神。

高割位的老樹，要架梯子或接長刀柄才能割取膠汁。

酬神的日子

一、古廟鈴聲

走進園坵，令人矚目的建築，不是辦公所或職員宿舍，而是建在大路旁的印度古廟。

印度古廟不只一座，在大園坵，每區都分別建築一座，這是印裔工人的精神支柱。

英殖民地時代，我國的土地權由英國主宰，洋人開荒闢地，到處種植橡樹，從印度招募大量勞工，建廟立神的傳統文化也隨著印人的足跡在每個園坵興建，方便他們膜拜。

所以，自十九世紀開始，印度廟的香火已經在各地的橡林裡嬝嬝升起了。到了六十年代，我闖進泥路縱橫的膠林時，八成的割膠重擔仍然由印度工友挑起。

每座印度廟，都有祭司主持膜拜儀式，每天早晚，廟裡都發出「鈴鈴鈴」的鈴聲。祭司赤膊露背，下身圍著潔白的沙巾，一手搖鈴，一手舉著甘文煙嬝嬝的瓷杯，口裡喃喃地繞著神像轉，然後再在廟外兜轉一匝。

神像前的石桌，少不了香蕉、鮮花、檳榔和栳葉。

廟裡坐鎮的是主神，雕像最大，周圍還有其他小神像，最常見

的是象鼻彎轉的象神。廟外的簷牆上，眾神並立，神彩飛揚，栩栩如生。

這些神像的雕塑，工匠都是百多年前從印度特聘過來的，所以傳統的手藝一流，達到盡善盡美的境界。

今天的印度廟，是當年印度人篳路襤褸、披荊斬棘的歷史見證。滄海桑田，膠樹的根基已被油棕逐漸盤據；人事已非，經歷過百多年風風雨雨，印度廟依然原封不動，站在引入注目的大路旁。

二、張燈結綵

印度廟和華人寺廟一樣，建立的目的是為了保佑園坵四季平安、全體工作順利。也因此，每年都選定一個日子，答謝神恩，隆重慶祝。

這個酬神的慶典，每年舉行，為期兩天。這兩天被訂為園坵的特別假期，全體工友都沐浴在歡慶的氣氛中，成為園坵裡印度工友一年一度的佳節，熱鬧情況儼如大寶森節。

印度人對於神明，熱心程度尤勝於華人，慶典儀式要宰羊殺雞之外，還要「走火路」，請神出遊，沿戶膜拜，開銷的字數相當大。這些支出，除了由園主捐助而外，大部份都是膠工每月從工資裡扣除累積所得。

印度膠工人數多，整年積存下來，數目也就可觀了。

如果神廟剝落陳舊，酬神之前還來一番釉彩，把廟裡廟外修飾得光鮮亮麗，因為當天除了請園坵的經理、職員觀禮外，還有鄰近園坵的高層職員都應邀前來作嘉賓，推擁一堂。

酬神，是個不平凡的日子。

整座神廟，張燈結綵。工友利用椰葉，結成各種形狀，掛在繩索上，由神廟一直拉到大路口，每隔一段路還種一棵魚尾葵或香蕉樹，使到泥路兩旁綠影搖曳，平添風彩。

酬神日，有兩項節目最叫座，把附近園坵的工友和小孩都吸引到來，那即是「走火路」與露天電影。走火路和華人慶祝九皇爺走火路一樣，通常在下午舉行，電影是在晚間。這兩項節目，群眾把整間神廟擠得水洩不通。

這是神廟一年中最熱鬧、也是最具紀念性的日子。

酬謝神恩，是因為過去的日子裡風調雨順，大家享受了一年的安寧與愉快。

三、廟神出遊

酬神儀式裡，「走火路」是重點項目，但是壓軸戲卻是廟神出遊。

走火路過後就舉行晚宴。凡是前來觀禮的人，不管來自何方，都有晚餐茶點招待，食物簡單，都是以香蕉葉當餐具，但人人都吃得津津有味。

印度廟供奉的都是女神，出遊之前，頸項、手腳，處處皆花團錦簇，被裝飾得玲瓏多彩，風光燦爛，然後才在群眾推擁下請上花車，乘拖拉機緩緩出遊。整輛車座，也經過裝飾，除了妊紫絳紅垂掛的花串，還配以五彩燈光，看上去嚴肅而隆重。

那幾乎是一組工作人員整天的心血。等到女神乘座出遊的時刻，已是接近午夜了。

平日晚上十點鐘停電熄燈的園坵，酬神夜燈光通明，工友全家大小守在門前，等候廟神到來祝福。家家門前擺上一張小桌，盆裡放著剝開的椰子、檳榔、香蕉、萍果、甘文煙等供品，少不了一個小紅包。

女神車座總跟著一群拉拉隊，領航的則是一名乩童，兩個喇叭手一左一右嘀嘀噠噠。赤足的乩童一來到門前即一面跳舞一面轉動頭頂上的銅缽。

拜神的住戶把鈔票拋落地上，乩童俯身拾起鈔票，頭上的銅缽依然轉動，卻沒有掉下來。那真是種高難度的演出，那當然經過時間淘洗。

乩童表演結束，帶隊出遊的人把桌上的椰子猛烈一摔，讓它在地上「開花」，膜拜的禮儀終於完成，廟神的隊伍又轉向別家。

廟神出遊一直鬧至天亮，家家拜完才結束收隊。

四、走火路

酬神的日子，印度廟舉行許多儀式，熱鬧轟動的情況有如一年一度的大寶森節。

向神許願的人士，不論男女老幼，都必須在酬神這天還願；除了齋戒，還得每天傍晚提著花圈向村裡的住戶逐家膜拜，獻上祝福。

齋戒通常是戒慾、不殺生，當然要素食，從酬神前三周開始。逐戶祈福的時候，家家給予回酬，通常是現金，有時也收到水果或糕餅。

這些禮酬，還願者不得私用，悉數獻給神廟，表示答謝神恩。

到了酬神這天，還願者還要赤足「走火路」。

通常地點都在神廟前，掘一個寬10餘尺、闊20餘尺的坑，挖掉泥土後，用乾木柴填滿坑洞，酬神之前起火燃燒。到「走火路」儀式進行時，坑洞裡的木柴必須都變成了紅紅的火炭。

在酬神儀式中，走火路是一個重要的項目，總在傍晚時刻舉行。這是為了鄰近園坵的工友也能在放工後扶老攜幼趕來觀禮。

這一刻，火坑裡烈火熊熊，觀眾爭先恐後擠滿火坑周圍，個個舉頭探腦。赤膊露背的祭司手中搖鈴，口裡唸唸有詞，然後一聲呼嘯，兩個壯漢牽來一頭公羊，祭司在羊身周圍搖鈴一砸，撥些神水，壯漢即手起刀落，羊頭就掉在火坑前的草地上了。

咚咚咚……，鼓聲響起。還願者這時列隊從神廟走出，個個神靈附身、搖搖晃晃，由親人扶著越過群眾，讓祭司從頭至腳撒上神水，才在猛烈的火坑上舉步，有的飛奔、有的緩行，在緊密的鼓聲中每人都要走兩趟，儀式才算完成。

還願者的心願結束，呼喚和掌聲仍在火坑周圍震蕩、迴響……。

五、露天電影

酬神那天，印度廟也按常例，在廟前上演酬神戲。印度廟與華人寺廟的酬神戲最大的不同是，寺廟上演的都是舞臺劇，銅鈸齊響鑼鼓喧天的潮州劇或粵語劇。

印度廟的酬神戲，永遠是露天的印度電影；放映的時間，總在夜半深宵，等到廟神遊行儀式結束，電影才緊接開場。雖然影片陳舊，故事老套，但卻是酬神的壓軸節目，吸引的觀眾往往比其他項目眾多，尤其是婦女與孩童，不到落幕絕不離場。

六、七十年代，CD影片與環宇電視還未開發，電視頻道少，那時電影盤據娛樂市場，成為一支獨秀。邵氏的流動電影，在大馬擁有幾十輛流動車，在各處園坵巡迴出租影片，因為是戲院演了再演的倉底片，廉價出租，成為工友解悶的最佳娛樂。

電影就在廟前的草坡播映。廟神遊行尚未結束，電影流動車預先開到現場，架起兩支鐵杆，張開陳舊得發黃的布幕，車上播放流行的印度歌曲，告訴觀眾好戲正要上演。

園坵遠離城鎮，出入不便，孩童的戲癮就集中在酬神的日子。聽到歌聲，即刻蹦蹦跳跳到廟前的草坡來，他們不必椅凳，屈腳席地而坐，期待著、渴望著一年一度的這一刻，心崁充滿著激動和歡樂！

等到廟神回歸原位，電影車的歌曲戛然而止，箚箚的引擎啟動，影片開場了。這時候，散落各處的人潮紛紛入場，老人選擇前排，坐在長凳上，年壯的站在後方，大家都沉靜下來，眼睛投視在

澄黃的銀幕上，咀嚼那曲折離奇的畫面，遺忘了白天操作疲憊，也不理會霧濃露重，夜色深沉。

每年酬神，都同時放映兩齣影片，所以曲終人散的時候，天邊已泛曙色。

2004年10月刊於星洲日報〈星雲〉副刊

昔日香火鼎盛的印度廟，隨著印裔勞工外移，如今已冷落清淒。

釣河鱉

一、河灣的祕密

　　那一泓寬不及廿尺的小河，竟是群魚繁殖匿藏之地，泥鰍、生魚、白魚、鯽魚的數量，總讓膠工在旱季裡歡天喜地。河邊年年都傳來淘水摸魚的笑聲，還有收穫的陣陣喜悅！

　　卻還有一種「魚」，默默地悠遊在河灣裡，一直以來被村民所忽略，或者說根本不知道牠們的存在。除了雨季洪水泛濫，常年總是涓涓細水，竟隱藏著稀有的珍奇，而且體重達幾十公斤，怎不出乎意料而令人嘖嘖稱奇！

　　這種珍貴的「魚」就是水魚，也叫腳魚或圓魚，我們通常稱作鱉。原來小河真個「臥魚藏鱉」，只是河鱉平日深藏不露，靜靜隱居於較深的河灣，牠們張嘴就獵到鮮活的群魚，生活上毫不費氣力。

　　膠工旱季裡淘水摸魚，專找水淺的河灣，大河灣有如深潭，淘水費時，人力不足，所以藏身深灣裡的河鱉無人干擾，年年平安。

　　原來，鱉魚在河灣經年累月匿藏，而揭開河鱉面紗的，卻是外來客，而非久居園坵的我們。

有一天,來了兩個陌生漢,走下車來站在河邊東張西望,那地方靠近我的宿舍,不遠處有個大河灣。兩人同時從車上取出兩圈魚線,但不是釣魚,他們將一大把雞腸拋進河裡,過了莫約半句鐘,他們才把大魚鉤串上雞腸,墜落河裡。

見了大魚鉤粗魚線,又不用釣竿,我才明白,這不是釣魚,而是釣鱉。我正懷疑,小河有鱉魚存在嗎?謎團很快揭開了,不多久其中一人拉動魚線,看樣子甚感吃力,另一個連忙擱下魚鉤過來幫忙,兩人合力拖拖拉拉花了好一陣,才將大鱉拉到河岸,一人拿出彎鉤向鱉裙一搭,終於將龐然大物拉上岸。

那隻背灰肚白的河鱉,直徑超過1米,體重至少有30多公斤。那天兩個外來客,幾小時就釣獲好幾只罕見的龐然大物,大唱豐收。

這,不但驚動宿舍最近河的我,也驚動了園垵工人,最後連園主都知道了。這條不起眼的小河,竟潛伏著令人垂涎的大鱉魚!

此後,每隔三兩日他們都出現在小河邊,足足釣了兩個月,才影消蹤滅,大概河鱉都被他們「收拾」殆盡了吧!

二、釣鱉英雄

那一彎涓涓細水,從幾幢高腳板樓後面流過,板樓前是一條筆直的紅泥路,白天經過的行人車輛相當多,但對小河連望都不望一眼,誰也想不到細流竟然是鱉魚的隱藏地。

我們蟄居了那麼多年,也被蒙在鼓裡。直到經驗老到的釣手從老遠前來「探路」,接連豐收,高奏凱歌,我們這班懵懂村民才如夢初醒。

夢醒之後，心有不甘，於是也依樣畫葫蘆，買了幾支粗魚鉤和魚線，殺雞宰鴨時把腸肚留起來作餌，拿到河潭去釣鱉。雖然缺欠老釣手的運氣，卻也不是都空手而歸。

有一次，我和同事居然有食神助威，費盡九牛二虎之力，把一隻近30公斤的老鱉拉上岸，引來一班大小村民駐足圍觀，還贏得「釣鱉英雄」的美譽。

那是個爽朗的星期日，我們相約出門，沿河岸一路走一面細察詳觀，終於在一個蔭涼的深灣處停步。我們先將幾束雞腸拋落水中，觀察動靜。

須臾，河水就泛起幾陣漣漪，水紋混濁，我們知道鱉魚被雞腸的膻腥味引出來了，機不可失，我們即刻拋下串上雞腸的釣鉤，恰好河鱉那時浮出水面，亮麗的眼睛一見我們倒映在水裡的影子，馬上沉到混濁的水底，不敢再浮現了。

我們兩人握緊釣竿，在河岸左等右等，釣餌久久沒有動靜，於是就把釣竿插在岸邊，倚在蔭涼的樹下假寐，但久不久眼睛總會向垂在河裡的魚線瞄一瞄。

也不知過了多久，突然發現同事的魚竿猛烈搖動（我們沒有用魚鉸），我們兩人同時拔步，同事一馬當先，抓緊釣竿拚命地拉，卻無法控制，線圈不斷被拉開，我們知道是河鱉上釣了，我連忙上前，合兩人之力，拉拉放放約半句鐘，才將咻咻喘氣的大河鱉弄上岸來。

這時，我們也像鱉魚一樣，不斷喘氣，而且精疲力竭了。

三、費盡心思

釣到一隻幾十公斤的大鱉,不只轟動整個村子,也讓我的膠林生活多添一份色彩。

河鱉,可謂淡水中的罕有珍奇,市價不斐。但是,偌大的一隻鱉魚,要怎樣去解決,真有點大費周章。

常聽人說「斤雞兩鱉」,意即鱉魚不宜過大,體重一斤以下最宜上桌。心想,我們釣獲的龐然大物,不知會不會皮韌肉粗到難於下嚥。在河岸苦守了大半天,又不甘心讓牠重歸河流,在水裡繼續與我們爭奪鮮魚。

意念一轉,決心大開殺戒,但兩人怎能享受得了,唯有招其他同事分享,也樂得分擔洗洗涮涮的工作。

但是,一想起宰殺,就像老虎吞天,難題就來了,不知應從何下手?

「用沸水燙!」。

「不好!最好砍頭。砍頭可以讓血流走。」

你一言,我一語,議論紛紛,同事,還有印裔工友,似乎沒有人殺過鱉魚,尤其是偌大的鱉魚。要煮一大鍋沸水,太費事了,不如砍頭乾脆俐落。

可是,那傢伙的頭總是縮進肚裡,我們如何得逞!

據說鱉魚咬東西,一咬就不放,也有人說要打雷才鬆口,就以其之矛、攻其之盾吧。

以一支木棍,塞入鱉魚口中,果真緊咬不放,暗喜以為牠中計了,慢慢拉出來,正掄起大斧想劈下,那傢伙雙目明亮,一張口就把頭縮回去了。

奇怪，沒等打雷就鬆口！

連試幾次，都不成功。正在百般無奈之際，有人拿了一根麻繩，打了一個活結，擋在鱉魚的「頭窗」，趁把鱉頭拉出來時迅速一縛，拉緊，這次果然頭縮不回去了。

幾條大漢七手八腳，用盡心力，才把鱉魚送上了「斷頭台」。那晚，餐桌上多了一味鱉燉藥材，幾十公斤的大鱉，其肉鮮嫩滑溜，尤其是邊緣膠質狀的「鱉裙」，口感有如嚼海參，稱得上珍品，難怪價值不斐。

2004年12月刊於星洲日報〈星雲〉副刊

這條小小的彎河，曾經匿藏過無數魚鱉。

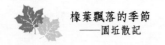
夜獵

之一：遠方的獵客

走過千迴百轉的漫漫長路，在橡樹叢林中駐守了二十年，終於由陳舊的高腳板樓進住一幢獨立式的洋房，生活步向一個轉折點。過去努力拼搏，總算獲得回饋，嚐到甜果。

洋樓範圍有兩英畝地，樓外密植的是熱帶果樹，最多的為榴槤和紅毛丹，還有疏落的山竹、菠蘿蜜與芒果。果實成熟的時候，果香就把饞嘴的動物從四面八方引來，變成樓主的心腹大患。

驅逐野獸，焉能單靠一張口，喊到口水乾也嚇不走牠們。因此園坵的獵槍就轉在我的名下，讓我保管，以驅逐闖入禁區的松鼠、猴子，還有夜晚才出沒的果子狸，也就是麝香貓。

其實，並不需要在果實季節，有支獵槍，橡林裡夜間最活躍的動物除果子狸，還有野豬與蝙蝠、刺蝟，隨時都可以荷槍出獵。偏偏，擁槍的我並不喜歡玩槍。

有一回，居城的朋友來電話，說要帶兩位台灣貴賓來膠林打獵，有朋友遠來不亦樂乎，我豈有不歡迎之理？但是，橡林白天見到的只有松鼠、猴子、飛鳥，遠來的獵客指定要獵麝香貓，這傢夥要夜深人靜才出現，看來必須來一場黑夜行動不可了。

這時恰逢榴槤飄香季節，我平日最討厭貪婪的果子狸，但那晚卻對著窗外的果樹祈禱：希望果子狸隨著果香提早出現，不必我荷槍攜彈到處尋覓芳蹤。麝香貓所到之處，芬芳四溢，久久不散，稱之芳蹤確符事實。

晚上八點鐘，三位獵客來了。兩位台灣貴賓原來是台南高雄人士，喜歡玩槍打獵，與我的朋友志趣相投。這回旅遊大馬，想領略異國狩獵風情，其中一人還帶來一架手提錄影機。

我舉著手電筒，帶他們在洋樓外的榴槤樹下兜了兩圈，所有的果樹都搜索了，麝香貓芳蹤茫茫。為了不令遠來的獵客掃興，我只好打點夜獵的準備，冒著橡樹林萬般濃密的黝黑與沉寂，開動四輪驅動車，轉出籬笆，展開了破天荒的夜獵行動。

之二：夜間搜索

夜獵需要一支六顆電池的手電筒，有履帶可以肩掛的那種；此外，還要兩把照明燈，用電線銜接汽車的電池發亮，亮度足以達到五、六十尺遠，是夜獵的兩隻大眼睛。

手電筒和照明燈，是晚間行獵的兩件不可或缺的寶物。照明燈握手有開關掣，任由控制；可惜牽著汽車電池，移動範圍受限制，手電筒光亮不及照明燈，但在棄車離開泥路追蹤獵物那陣子，在一片漆黑的林野中，手電筒就發揮力量了。

配備打點妥當，我發動汽車引擎，呼地一聲衝出籬笆了。我的朋友是老經驗的獵手，經常招朋呼友獵山豬。我們四條漢子，兩把獵槍，浩浩蕩蕩地衝向無邊的黑暗，伴遠道的來賓追蹤「夜貓子」果子狸的香影。

　　離開住宅區，我沿著紅泥路選擇偏僻的地帶兜，那裡比較容易遇見獵物。車子緩緩前進，兩盞照明燈一左一右，向著路旁的草叢搜索，偶然也把焦點移到橡樹頂，可能機警的傢夥遠遠聽到聲響躲在枝椏避難了。

　　這樣一路行一路照，汽車在狹窄蜿蜒的泥路上爬越了近一小時，沿途除了偶見驚飛的蚊母鳥之外，沒有果子狸的蹤影，大家難免感到失望。這種白天匿藏樹叢，夜間卻在地面草叢覓食的走獸，橡樹林是牠們最愛的悠遊天地。

　　打獵與垂釣，或許得靠點運氣，我想。今晚運氣不好。於是我把車子轉向崎嶇的小徑，想轉個運，為了遠方的獵客。那兒一邊是老膠樹，一邊是森林保護區，有不經修整的荒涼感，為鳥獸聚集的疆域。

　　車行不多久，果然在不遠的荒叢裡，有兩道亮閃閃的光線反射出來。我們知道，那是果子狸眼珠的折射，不禁暗喜。

　　「終於找到你了！」我低聲自語。在黑暗裡折騰了兩小時，總算在千呼萬喊下發現了獵物。

之三：追蹤錄影

　　走獸在槍彈的追蹤下，數量漸少，為了保命，退居更深的林間，甚至逼得無奈改變生活，晝伏夜出。然而，走獸不管如何逃避，獵人總會利用智慧，佈下天羅地網去圍捕。

　　是故，晝伏夜出，不一定就能保命，一支手電筒，加上一盞照明燈，簡單不過的配備，就令飛禽走獸暴露身份，成為獵槍瞄準的目標。

　　體色灰黑的麝香貓，沉沉黝黑的夜裡原本不易被發現，而牠撲鼻的獨特體香是揮之不去的無形誘惑，風靜的夜裡更加沈鬱不散，縷縷芬馥使人精神振奮不已！

　　果子狸除了體香，還有那兩顆圓滾滾的大眼球，更是夜間曝光的焦點了。

　　也許是好奇，也許是驚喜，果子狸一遇見光亮，反應靈敏，轉頭相向，與燈光對峙，於是兩顆水晶一般的大眼珠，立刻變成兩炷光亮亮的燈火，與我們的燈光比賽亮度。

　　我見機不可失，便停下車子，手執錄影機的台灣朋友首先跳下來，慢慢趨前，開始錄影，但步履並沒有靜止，掌燈的我們亦步亦趨，希望透過燈光協助，能把攝影的主角顯凸，同時更加清晰。

　　就在這時，果子狸調頭就走，爬上鄰近的膠樹，停在樹丫處，頭上那兩盞燈又再射向我們，這次牠是居高臨下。

　　──不礙事！不礙事！

　　攝影的朋友喚著，隨走到樹下，拚命轉動鏡頭，把果子狸的一舉一動詳細拍下。

　　樹丫不高，黑暗中我們肉眼也看的清楚，那不過是隻小狐狸；因為小，我們實在不忍心將牠射獵。

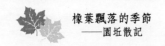

　　放棄小動物，我們繼續上路，到午夜過後才收隊，獵到兩隻果子貍。總算向朋友和遠方的獵客作了交待。

　　第二年，朋友和我去台灣，台灣的朋友把果子貍的錄影放給我們看（那時即影即放的數碼影機未上市），發現夜裡的果子貍模樣更可愛。

2005年1月4日刊於星洲日報〈星雲〉版

風沙的日子

一

在一個膠林浸霪逾廿五年，很少人有這樣的堅持與耐力。在兩千三百畝範圍的園坵內，竟耗費了我四分之一世紀的青春歲月。

這樣的種植面積不算大，只分成三個區。結婚以後，我遷到總區內，同樣是高腳板樓，英國人留下來的陳舊建築，卻是從一所獨立迷你樓搬入一間半獨立的居所。

宿舍兩房一廳，父母居一室，我們夫妻一室，簡單但容易打掃。房子小不礙事，缺點是全村裡最近河邊的一幢建築，打開後窗，不到十尺遠就是日夜潺潺而流的小河，紅泥路就在屋前橫過，還不到十尺遠。

當然出門很方便，但常常塵埃滿天揚，旱季裡尤其糟，窗櫺、板牆、樓梯染塵幾吋厚，黃澄澄一片，四面板壁難以形容的髒。

講髒，這還是其次，更要命那個季節又偏多風，來時一捲、一揚，塵埃還混雜著沙粒，細細的。這些要命的塵沙不是在門外徘徊，而是穿過門窗的防蚊紗，登堂入室，稍一不慎就在我們的湯菜裡加料。

而且，那條紅泥路，左通辦公廳、托兒所、雜貨店、工友宿舍，直往北區；右向南區出城鎮，可譽為園坵的交通樞紐。每日使

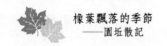
用最多次數的有輕便的腳踏車和摩多，這都無礙；定時穿行的巴士與載膠汁的卡車，就教人掩鼻了。

轟隆隆的重型車輛輾過泥路，車後所激起的那股風沙，不但隨車拉得好長好長，而且飄浮在空間像厲鬼般陰魂不散。這時你與車逆向而過，就得踏緊油門把距離急速拉遠，要是不幸同向走跟在車後，那非得運用龜息功不可了。

居所近泥路，當然也會「分享」到車塵。所以，狂風起最是驚惶失措，車聲來也恐惑不安。

偏偏，我們夫妻住頭房，緊對泥路。所以，旱季裡縱然再熱，窗扇白天總是緊掩著，防避塵埃也。

塵埃飛揚，風沙漫漫，竟一住十五年，住到三個瓜瓜出世，住到雙老移居墓場。

後來大馬樹膠研究院研發了標準粒狀膠，園主不再自製煙花膠片，改賣膠液給鄰近的膠液廠。每天有好幾輛囉哩載膠液經過泥路，風砂四散的情況更嚴重。

膠廠知道了我們餐沙吸塵的尷尬，膠液下放完畢，膠槽盛滿河水，用卡車載到我們園坵來澆路，因為帶有稀薄的膠液，粘著塵埃，暫時替我們解決了旱季風砂滿天的難題。

二

又是半島北方乾旱的季節了，橡樹飄黃，這時刻走進膠林裡，那迂迴曲折的紅泥路總揚起陣陣風沙，受害最深的塵埃落定處，是生長在路邊的野花雜草。

本就因苦旱而容顏枯槁的它們，被片片粉末一層層粘上去，就顯得更加疲衰老化，形將奄奄一息了。

回想逝去的歲月，不同野花開過顏色各異的花朵，雜草綠化路邊的溝渠。它們並不特別引人耳目、令人垂愛，卻也不使人產生憎惡感。因為，它們沒有侵佔油棕、橡樹的土地，只默默地在紅泥路邊和溝旁享受生命的多彩。

紅泥路兩旁總是高聳的樹影，油棕或橡樹以雄據空庭的霸氣舖天蓋地，野花雜草，還有疏稀的灌木，藉路邊有限的空間扎根生長，依微弱的陽光與幾滴夜露展示生命力，乾旱來臨它們頗令人同情的，但誰也無法阻擋季節的遞變。

為了省工，或者本來就忽略了它們的存在，園主對野花雜草採取的態度總是不理不睬。

──讓它們自生自滅吧！

經過紅泥路，很多人或者都這樣想。野花雜草就這樣在眾人蔑視下悄悄生長，也在乾旱的季節裡與飛揚的塵埃作生死戰。

它們在沉默中祈求一陣春雨。

三

時光易逝，橡膠種子在半島落地生根，已經進入了第四代──超逾一世紀了。

許多膠林早就改變了原貌，大部份土地被油棕佔據了，物換星移、韶光運轉，很多陳舊過時的建築都煥然一新、迎合潮流了。

遺憾的是，那些縱橫交匯、蜿蜒曲折穿行於膠林棕櫚間的紅泥路，百多年來未改風貌，依然旱來風沙、雨來泥濘，無分日夜承受

著輪齒的擠壓，囉哩、拖拉機、推泥機、神手、摩多、腳車，不管風沙泥濘，都會通過紅泥路找尋生活的方向。

在發展的歷史長河裡，原本由紅泥路貫穿的鄉村和新村，老早便搭上了順風車，走上了現代化道路，村民不再受塵埃與泥濘之苦了。相同是村民，園坵裡的村民卻被遺置在另一個角落，依然守望著由大英帝國留下的斑駁痕跡，奔馳在容顏未改的紅泥路上。

風沙過後是泥濘，泥濘過後是風沙，周而復始，紅泥路因季節的變換而困惑路人。超量的負荷過後，唯一的復修便是以新泥把深深淺淺的窟窿填補，把突兀的部份鏟平。

也許，那是最精簡、最快捷的修補。

回顧四十年的農業生涯裡，膠林、可可、油棕的道路都走過，有過餐盡風沙的淒楚，也有過品嘗泥濘的悲涼。

今天我走出了園林，但在樹與樹的濃蔭下縱橫舖展的，仍然是過去容顏未改的紅泥路，也曲折也迂迴。

2005年2月4日星洲日報〈星雲〉副刊

泥路在前，彎河在後，舊板屋旱季風沙雨季淹水，冰谷全家一住15年。

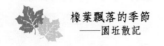

托兒所

順應繁忙生活的步調，現在的城市托兒所到處林立，可說是到了十步一所的境地。

其實，在半個世紀前的膠林，托兒所已經不是陌生的名詞了。這應托大英帝國完善的工業政策，於我國尚未獨立時已設立了一個良好的管理制度。

建築一間托兒所，聘請保姆，為有家庭的母親照顧她們的嬰兒，讓她們能安心、同時沒有後顧之憂地投入生產，是作為園坵僱主應盡的義務和本分。

所以，每個膠園都有多間托兒所，為工友提供方便。

每個清晨，當鐘聲噹噹噹地敲醒村民，最先亮起燈光的便是托兒所，保姆也總是比膠工提前出門，在托兒所裡打點一切，等候一個個婦女把嬰兒送進來。

嬰兒奶粉和熱開水，是由園坵供應；吊在橫橡上的紗布搖床，卻要母親們自理。那是孩子安睡的小天地。

婦女們，總在出門割膠之前解決嬰兒的問題，方才邁向生活之途。那時刻，天猶未亮，啟明星仍掛在昏濛的空穹，晚涼正濃，是繼續編夢的好時光。

　　母親看到孩子嬌嫩的稚臉，甜蜜的笑意，實在需要鼓起很大的勇氣和決心，才能將孩子從夢寐中搖醒。嬰兒受驚，總是呱呱地啼哭，有些從家裡一路哭到托兒所，也一路哭到母親依依不捨地離開托兒所。

　　孩子多的母親更加忙碌，常常見到有人懷裡抱一個，手上還牽一個，從宿舍長屋的深巷裡踩踏著朦朧的燈光走出來，步履零亂而心情緊張。

　　本來是靜靜的村莊，也是靜靜的清晨，但是，因為有了此起彼落的嬰兒啼哭聲，使空氣凝集著一層淡然的清淒，似乎生活的歌聲裡飄滿歷盡滄桑的無奈。

　　雖是無奈，但總比把嬰兒留在家裡無人照料安全得了。因此，托兒所是園坵婦女心情釋放的地方。

2005年1月28日星洲日報〈星雲〉版

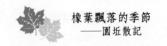
椰花酒的魅力

之一：椰花酒廊

　　走進園坵，必定看見印度廟，有印度廟的地方就有椰花酒廊。因為椰花酒是印度人的最愛。據說，當年洋人去印度招攬工人來馬來亞種植橡膠，建廟宇和採椰花酒是兩項列入談判的條件。

　　難怪，凡是膠林或小鎮，只要看見有疏落的椰樹，肯定都有椰花酒廊出現。

　　酒廊建築簡簡單單，也幾乎是千篇一律的。

　　一間鋅板蓋頂的亭子，周遭以木條圍成通風的板牆，四呎以上用細鐵網隔著，板牆四周開幾個像戲院售票的小窗。酒客只可以清楚看到內部陳列的酒缽，但不能踰越雷池，要買椰花酒，把杯子從小窗伸進去，賣酒的人就把酒添滿你的杯子。

　　酒廊外面排著幾條木板長凳，酒客就在長板凳上蹺腳舉杯，一面長飲短斟，一面高談闊論；聲量之大，穿林越野，幾乎令幾里外都可以聽到。

　　下午四點鐘，膠園和椰林，都已經是收工時刻，原本該一片寧靜無聲了，有了一兩間椰花酒廊，即變得熱鬧如墟、眾聲喧嘩了。

　　割膠被稱為「半日工」，早上十一點收膠汁，中午秤膠，洗洗刷刷一番之後，就可以回家了。吃過午餐，略作休息，磨利膠刀，

太陽已經偏西。園坵離城遠，沒有什麼去處，於是每個人的腳步只有向著那間簡陋的建築——椰花酒廊，三杯下肚，發酵的酒精在細胞裡膨脹，醺然間工作的疲累，還有生活的煩惱和憂慮，瞬息裡盡拋九霄雲外了。

椰花酒價廉，幾毫錢一大杯，正符合低收入的膠工需求，每天喝幾大杯也不過幾令吉，比啤酒、黑狗啤價廉得多。所以，椰花酒可謂是廉宜的麻醉劑。

椰花酒經濟實惠，人人喝得起，造成椰花酒廊生意滔滔，酒客絡繹不絕。

之二：瓊溶玉漿

每個人都知道，煙會致癌，酒能亂性，豪賭必傾家蕩產，但許多人都明知顧犯。

許多酒徒昨天醉步掉落溝渠，頭破血流，酒醒把一切都忘得一乾二淨，今天照舊在酒廊出現，飲它十杯八杯，否則晚上就輾轉反側，無法成眠。

椰花酒的酒精成份雖低，飲三幾杯不礙事，但它是從椰花莖部割出來的瓊溶玉漿，味道醇甜，使人嚐後回味無窮，一試而欲罷不能。

椰花酒性寒，可以消暑。印度人喜歡吃辣，餐餐咖哩，咖哩性熱，喝椰花酒正好化解，為身體降溫驅燥。原本一、兩杯就足以解熱消暑，卻愈喝愈起勁，喝到爛醉如泥，倒地而睡；漸漸地由酒客變成了酒徒，不醉不歸。

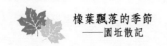

有些酒徒醉後失態，在酒廊外生事、謾罵、甚至發生毆鬥；醉後回家打罵妻兒的事件，也層出不窮；喝到沒錢就賒賬，搞到夫妻失和，很多在園坵裡發生的糾紛，與喝椰花酒都沾上了邊，是玉漿滲酒精惹來的禍。

英國人懂得印度人心理，建廟和搭椰花酒廊就輕易化解了他們的鄉愁。而實際上，神廟與椰花酒早溶入了印度人的歷史文化，根深而蒂固了。

園坵那間簡單的椰花酒廊，建在辦公所對面，僅隔一條紅泥路，可能英國人以為近辦公所酒徒有所忌憚，不料酒精的威力難以估計，酗酒後君臣不分，鬧事層出不窮。

由於上述種種負面影響，新園主接過管理大權後，不久即把椰花酒廊關閉了。日飲三杯的酒客，不醉不歸的酒徒，只有無奈地踏腳車，每天下午到隔鄰膠林去繼續買醉。

那所空洞的酒廊，廢置了好一陣，後來重新修整，用紅磚包裝，變成了嶄新的托兒所。

之三：割椰花酒

不只是椰花酒，什麼酒都一樣，喝過量了就會醉到。

事實上，椰花酒比任何酒溫和醇飴，因為滲入的酒餅不多，發酵時間僅半天。椰花酒Todi像沙巴卡達山族的Tapai酒一樣，雖然醇甜，卻也會令人醉，這全看你酒量的深淺。

椰花酒除了現飲消暑，還可以滲入麵粉發酵製包點，取代酵素。過去在園坵生活的日子，妻子有時買椰花酒做包，還有油條；不過發酵時間較久，麵粉搓揉後隔天用更佳。

　　大馬政府不鼓勵人民喝酒，椰花酒廊的執照更新不易，逐年剔減，現在椰花酒已漸漸走入歷史了，年輕一代對這乳液一般的瓊漿隨時光而淡化。唯一能喚起我們記憶的，恐怕只有那傷痕纍纍的椰子樹吧！

　　走進大園坵，在員工宿舍或印度廟周圍，總有綠影婆娑的椰子樹，高聳的樹幹上一左一右鑿滿傷痕，齊整有序地由樹下伸延至樹頂；仔細看清楚，才幌悟原來是爬樹踏腳的「梯級」，深入樹幹約有半呎，疤痕斜斜切入，上淺下深，足夠一隻腳板踩踏。

　　這些斧痕就是攀樹的「梯級」。每天早上和下午，採割椰花酒的印度人嘴含檳榔荖葉，腰間一邊掛著一個泥缽，另一邊插上一把小彎刀，有時上身赤裸，下身僅裹一條白沙巾，就這樣逐棵逐棵去採割椰花。

　　但見他兩隻腳緣著樹幹，一伸一縮，左跨右踏，赤裸的腳板彷彿長著眼睛，一級一級從地面努力往上踏，有如直沖雲霄騰空而去之勢！遇到起風的時候，樹搖葉蕩，那高難度的攀樹動作，令人心驚膽顫！

　　每次我見了，總為他捏一把冷汗，而採割椰花酒的印度人，卻是淡定自若，信心十足，一級一級如涉平地。看他熟鍊靈活的身手，談笑間已攀到了椰子樹巔，舉措如此輕鬆瀟灑。但是，他跨出的每一步，都是充滿挑戰的驚險，是向生命探索一個深不可測的未來；一次踏空即是一個與人間的告別式──人為了生存，就得面對風險！

　　他身手輕巧像猴子，坐在粗壯的葉柄上，在椰花莖端舉刀輕輕一削，按上泥缽，乳白色的蜜汁順割口流出，滴進泥缽中，情況有

如膠杯收集樹膠汁。因恐遭雨水沖刷,泥缽上還附加一片遮蓋物。一切妥當,再小心翼翼抓緊椰葉,掉下身軀,一隻腳往下踩,尋找那踏腳的「梯級」,一步一級退下,這可比攀登還見功夫。

　　一棵聳然傲立的椰子樹,起碼開鑿了四,五十個梯級,每棵椰樹每天採割兩次,上落要跨百級,每天採割幾十棵椰子樹,真是一項高難度的勞役呀!

印度老人攀登椰子樹收採椰花酒。

夜半驚魂

一、深夜的訪客

　　居所近河，加上飼養雞鴨，以致屢遭不速之客夜訪，弄得人雞不寧，夜半還得招兵買馬、呼朋喚友，才把問題解決。

　　這些不速之客，不是偷雞摸狗的宵小，而是借黑夜掩護從河邊爬上岸來造孽的蟒蛇。

　　小河兩岸，灌木叢生。靠近宿舍這邊，有園坵工友定期清除，雜草受到控制；對岸為河邊保留地，沒人管制，野生雜樹蔓草隨歲月增長，茂密蒼茫，像一片狹長的原始森林，成為蛇蠍禽獸匿藏的淵藪。

　　雨季河水泛濫，淹上家門，已成為我們每年的夢魘了，加上這不速之客，更令我們寢食難安，尤其在落雨的夜裡，半醒不寐之間，總擔心窗外紅毛丹樹下雞鴨的安危。

　　下雨，蟲蛇最為活躍，蟒蛇也從叢林裡提早出來，伺機尋找獵物，隨著雞鴨糞便的味道直向雞寮蠕動。第一次雞隻被覬覦，還不知道發生什麼事，只是天亮養雞時發覺少了兩隻雄雞，雞寮裡留下幾束毛，板門上沾了些血跡。

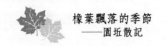
其他倖存的雞隻，一見人就不停「咯咯」叫，似乎驚魂未定。我想昨夜也該有過一場掙扎，只是風聲和雨聲在屋頂上爭鳴，把雞隻悽涼的呼救掩蓋掉。

——準是果子狸的傑作！

我這麼想的同時，不禁為失去兩隻肥雞而心痛。因為再過幾天就是中秋節，專為佳節準備的佳餚竟成為不速之客的犧牲品！

二、食髓知味

雞群遭不速之客眷顧翌日，馬上行動，在屋邊加裝一盞燈，可以隱約照到雞寮，給豺狼宵小平添一點戒心，也為自己增強一點信心。

人常說食髓知味，更何況是又嫩又滑的雞肉啊！我必須武裝自己。第二晚臨睡前，把手電筒換上新的電池，放置床頭，以防萬一，豺狼也罷，果狸也罷，準備了長棒與巴冷刀，誓給對方一個迎頭痛擊！

因為提防，我整夜都提心吊膽迷迷糊糊，睡不安寧。當晚，沒有動靜，再過一晚，也沒動靜，我足足戒備了好幾天，雞鴨都安然無恙地度過黑夜。

我不禁暗喜，心想或許是新加那盞燈發生了效應，不然就是知道雞的主人已經有所戒備，不敢冒然再來。

約莫過了一周，正當我鬆弛戒備之際，一個更深人靜的夜晚，我被陣陣雞鴨的驚叫吵醒，而且還頻頻傳出撲撲的跳竄驚逃聲。我知道有事發生了，一躍而起，一手抓起電筒，在牆角取出木棒，三

步併作兩步走出屋外。手電筒向雞寮一照，不禁驚慌失措，一條手腕般粗大的蟒蛇，在雞寮裡張牙舞爪。

膠林裡遇見蛇，原本平常事，但這麼大的爬蟲，倒屬罕見，且在夜深人寂時刻，自己孤獨一人，怎麼對付那傢伙？我本妖魔鬼怪都不怕，卻畏懼軟綿綿冰冷冷的蟲蛇，何況眼前是又粗又長的龐然大物！

我的雞寮四面是以鐵絲網建成，只有底層與進出口以板釘造，那傢伙顯然是從網洞竄入的。在電筒照射下，牠的雙眼反射出金光，似乎一點都不畏縮，血盆大口正蠶吞著一隻大雞，身體還綑蜷著另一隻，其餘的雞則在一旁箚箚跳。

看看雞寮，再看看手中的長棒，想鼓起勇氣壯著膽發動攻擊，敲、打、刺，都不行；想回到家裡拿巴冷刀，砍、切、捅，也無處下手。

那時我還是一名普通職員，沒有獵槍。情急之下，心隨意轉，唯有跑去嘈醒一位持槍的同事。他聽聞有蛇侵犯，帶槍來到現場，對準雞寮裡的巨蟒頭部「砰」地開了一響。那傢伙在寮裡翻來覆去打滾，掙扎了好一陣，才慢慢癱瘓下來。

相同的事件，發生了好幾次。後來聽母親提議，飼養了一隻狗，問題從此解決了。

2005年4月1日星洲日報〈星雲〉版

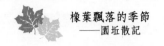
村莊老店

園坵裡的那間老店，比我還老。

追源溯流，是英殖民時代開荒種植時的產物。園坵離開市鎮，那時交通不便，開疆種植需要大批勞工，有一間半間雜貨店為工人提供糧食與日常用品，是順應環境需求和提供方便。

那個年代，雜貨店生意鼎盛，是園坵勞工購物的唯一門戶；每月一到發薪日，村店門庭若市。可是，隨著交通改進，和勞工的生活素質不斷提升，大家以摩多取代了腳踏車，有些工人還有汽車，進出市鎮十分方便，村店漸漸地失去了昔日的光輝，走向慘淡經營了。

幾十年滄桑，膠林裡很多人與物都事過境遷，無復當年風貌了。重新踏入膠林，我發現似乎全無改變的，是那條彎彎的紅泥路，路邊的職員宿舍，還有，就是那間曾經熱鬧過的村店。

一樣的鋅板屋頂，一樣的陳舊板牆，一樣的剝落老店。我上前，坐在一張長板凳上，叫了一杯熱飲，遊目四顧，所有的擺設幾十年都沒有變化，只是感覺更陳舊了，而塵封的記憶卻彌舊猶新。

送來飲品時，發現是一張陌生的臉色，也許不知換過多少個店主了。

「生意越來越難做！」他說。店裡沒有其他顧客，他於是坐下與我打開話匣子。由於園坵改種油棕，勞工銳減，本地工友又移居小鎮，每天靠摩多車來去，目前生意單靠外勞了，消費力江河日下。

村店曾經是我工餘的消遣所，也是我解決三餐的「飯店」。單身時代，烹煮煎炒的事嫌麻煩，好心的店主讓我搭伙食，為我解困。

村店就在辦公所斜對面，鐘點一到，越過紅泥路便可解決肚子問題了。那時我獨居北區的高腳板樓，晚餐後常在村店裡留連忘返，坐在長板凳上，有時是閱報紙，有時是與各族工友閒聊。

工餘時刻，把緊張的情緒紓解後，也放下日間互動的職工身份，就這麼圍著長桌，談工作的經歷、疑難、歡樂，或者挑剔報章的新聞報導。遇到清閒時，店主也參與我們的長桌清談，共享一段心情開放的美好時光！

那種無憂的情況，最易淡忘時間的消逝。遇過幾次晚餐後夜雨驟至，而且繼續不停，我就索性留宿村店，躺在那張板床上，聽雨。然後在雨聲裡入夢。

那段日子，遠了，如今村店只留下一片靜寂，與蒼涼。歷盡滄桑的村店，無論將來的日子如何轉變，它也無法回復昔日的盛況了。

2005年4月8日星洲日報〈星雲〉版

較膠片

提起膠片，對今天年輕的一代，早已是個陌生的名詞了。可是在七十年代以前，走入鄉區，路上兩旁的膠林裡，每間板屋的周圍都見到竹竿上晾著白色的膠片，就像晾衣服一樣平常。

那個時期，馬來亞標準膠（SMR）還未研發，從膠樹上割出來的膠汁，必須要製成膠片，才能儲藏，然後出售給收購商。

製造膠片，大園坵與小園主在程序上雷同，方法則有所差異。小園主收集膠汁後，要自製膠片，大園坵則交由膠廠工人完成。

膠汁首先要過濾，隔除枯葉、細沙等雜物，滲入清水使膠汁稀薄。膠水加進稀釋的蟻酸（Formic acid），拌均，經過十多分鐘後便凝結了，軟綿綿的有如豆腐花，潔白、亮麗。

大園坵凝結膠水採用長20呎、寬2呎的鋁質膠槽，在膠水凝結前再以鋁片每隔2吋逐片插進膠槽，隔天把鋁片拔出，凝膠一片片送進捲筒機較成薄片，經過三輪較壓，最後一輪捲筒機有交叉的花紋，深入膠片，目的是使膠片快乾。

小園主膠汁生產少，用長2呎、寬呎許的小鐵盆凝結膠水，膠水凝結後倒在洋灰土上用雙腳踩踏。踩膠看似簡單，但加重腳力的層次要控制得宜，先以一隻腳踩踏一遍，待膠片達到一定韌度之後，再以雙腳踩踏，直到膠片平扁可以送進捲筒機機較薄為止。

童年時與母親一起割樹膠，最吃力的工作就是較膠片。捲筒機按裝在四呎高的木架上，一架是滑面的，另一架花紋縱橫的。母親把踩平的膠片扶進捲筒機，由我用雙手轉動，把膠片壓成薄片，每片膠要轉壓兩次，然後才送進花紋捲筒機較成花片。

我用盡吃奶之力，雙手才能揮動機器。捲筒機上端有支旋轉螺絲，膠片較過一次之後，再鎖緊，以便將膠片壓的更薄。當然鎖得愈緊捲筒機要轉動就愈吃力。

母親扶膠片，這是有危險性的工作，因為不小心手指挾進機器裡，被捲筒機一捲，五隻手指都一起碎裂。所以母親寧可讓我做吃力的工作，也不要我冒危險。

把膠片晾在竹竿上，曬乾，就可出貨了。大園坵的膠片不必曬乾，出廠後只晾在竹竿上滴乾水份，送進熏房裡烘成煙片，叫做「煙花」。

那時候，煙花是最高的樹膠品級。只有煙花可以出口。

2005年4月22日星洲日報〈星雲〉版

馬來亞標準膠的研發終結了膠片時代，也把膠片製造廠和燻房送進了歷史。圖為棄用已久的膠片廠。

小園主較薄膠片的捲筒機，圖左為輾薄機，圖右壓成花紋。

第三輯

曙光

我羨慕中的曙光,不只是
來自晴空的。在祝福黎明
的曙光的同時,我也為希
望和幸福的曙光祝福。

烏鴉

搬來這片偏僻靜寂的市郊，一幌眼已經四年多了。雖然周遭盡是禽鳥棲息的樹林，但向來鮮少發現烏鴉的影子。可是，不知為什麼，近來常有烏鴉出現，尤其是在陰霾清涼的午後，昂首總可望見許多黑影，在叢林灰濛的上空弋遊。

鄰居們對烏鴉，好像有不共戴天之仇似的，每次一見到黑影出現，總有人指著天空詛咒：「不吉利的傢夥，該死的醜八怪，去！去！」

雖然，我對烏鴉的不幸遭遇，寄予無限同情，可是，每次聽了鄰居們的咒語，卻始終保持沉默。

在多彩的童年夢中，蒼鷹是我欣慕崇拜的英雄，輕盈玲瓏的灰燕也曾令我產生無限愛戀。只是，對不受歡迎的烏鴉卻不曾留下甚麼印象。

假如說世間真有所謂緣份的話，我認識烏鴉該出於「緣」了。那是七年前，當我還在唸啟蒙的時候，有一次暑假，接到鄉下姑母寄來的信，勸我下鄉小住。常期住在園垰，看厭了橡樹，既有機會，欣然想下鄉去享受一下田野風光。於是，徵求父母親同意，我到了姑母的家。

　　姑母的鋅板屋建在田岸上，周遭長著好多熱帶果樹，一片濃蔭，綠意盎然，其中有一棵年紀跟姑丈不相上下的野生木棉樹，長得如同帷蓋一般，粗壯的枝椏八爪魚般向四周舒展，它的枝和葉都是深青色，非常特殊與引人注目。

　　這棵木棉樹，斜斜地對著我的臥室。每天早晨，當殷紅的朝陽爬上窗櫺，木棉樹婆娑的倩影便跳進我的床頭，企圖搖醒我的酣夢。那時，木棉樹正綻開淡白的小花，非常可愛。姑母說，每當木棉果將成熟的時候，樹葉便掉落了，木棉果被烈日曬到爆裂，露出團團白雲一般的棉花，風一吹便四處飄揚，好看得很！

　　有一天，當我午睡正酣，忽被一陣陣喧嘩聲嘈醒，睜開惺忪的睡眼，瞥見木棉樹下圍著一群孩子，個個緊拉彈弓，向樹上的窩巢射去。

　　一陣射擊過後，窩巢遭摧毀了。驀地，一隻老鴉從樹上飄落，在晴朗的空間打幾圈，才掉到地面。眾童蠭湧而上，拳棒並舉，劈劈啪啪，老鴉遍體血跡，一陣痙攣之後，發出幾聲悽切的哀鳴，便一命嗚呼了。

　　「烏鴉烏鴉，樣子醜怪，叫聲呀呀，聽到不利，人人喚打——」

　　孩子在慶祝勝利，高興得舞蹈起來，不停歌唱。

　　我憑依窗軒，目睹這幕慘劇，心中異常不安與痛苦；但除了惻隱地發出幾聲唏噓外，對老鴉我還能表示什麼呢？

　　那天晚餐後，絢麗的夕陽已經暗淡了。帶著沉甸甸的心，我依窗矚望，想著白天發生的事。忽然，朦朧蒼茫的暮色中，我見到一

隻飛翔的黑影，牠繞著木棉樹盤旋了幾圈之後，便棲息在枝條上，然後又從那枝椏跳到對面的枝椏，彷彿在尋覓舊巢。

正當我凝神貫注時，倏地「呀」的一聲震入耳膜，悠揚又淒戚，旋律在灰澹廣漠的空際瀲漾，如歌如訴；想起白天慘死的老鴉，我終於明瞭牠在尋找一份失落的親情……

第二天傍晚，那隻烏鴉的孤影仍在木棉樹上空盤旋，淒切的聒噪也繼續不斷。

原本，我下鄉最大的目的是淨潔心靈的混沌，沒想到卻在冥冥中，心扉多蒙上一層灰暗與憂鬱。所以，我在姑母的家住了幾天，便找了一個藉口，返回膠林。

花開葉落，流水年華，夢幻一般的童年，隨著時間的河流飄逝。但對於烏鴉，我仍有深厚的同情與憐愛。世人厭惡烏鴉，排斥烏鴉，把許多「莫須有」的罪名附在牠身上，不外是因為牠全身漆黑，沒有吸引眾目的外表，沒有悅耳的歌聲。此外，還有什麼理由呢？

幾許人誇耀穎敏的鸚鵡，謳歌畫眉鳥的嗓音，欣賞孔雀斑爛的羽翎；烏鴉同樣長有穿雲掠山的翅膀，翱翔盡日沒有倦意，但沒有人頌讚。烏鴉的叫聲不祥嗎？牠「呀呀，呀呀」的啼叫惹來人們的詛咒，甚至攻擊；然而，喜鵲的啁啾真個捎給我們幸運嗎？

　　「慈烏失其母，呀呀吐哀音；

　　　晝夜不飛去，經年守故林……」

幾年前，偶而在書中讀到讚美烏鴉的詩行，竟為牠那片赤誠的孝心所搖撼；緬懷童夢中那兩隻烏鴉，晶瑩的淚珠不由自主地潸潸而下……

「呀！」的一聲鴉啼，從屋後枯樹上傳來，接著我聽到刺耳的詛罵，但我默然無聲，因為我深知自己的詮釋屬多餘的，沒有人會相信。

「由他們詛怨吧！」在憤憤不平中，我如此安慰自己。

1961年11月《蕉風》第109期

茅草

有許多事情在回憶中是模糊的，一如風颸輕掠湖面，只激起微微的漣漪，很快就回復原有的恬靜，沒有留下些許痕跡；然而，茅草在我的記憶裡卻是深長的，它像一個烙印深深地鏤刻在我的心版上。

我出生在一個偏僻靜穆的鄉村，野性的呼喚使我懼怕寂寞，因此，當我懂得玩、懂得跳時，茅草便闖進了我生活的圈子。

那時候，距我家不遠的地方是一片曠野，繁衍著莽莽的茅草，那是我們孩童翻騰的天地。鄉村的孩子是天不怕、地不怕的，在軟綿綿的茅草叢中，我們打過滾，也捉過迷藏。雖然母親常以老虎、大蛇唬嚇我，而我們也親自打過蛇，但是心中依舊不曾有絲毫懦怯。

其中最使我難以忘懷的，該是捉鵪鶉了。

鵪鶉是一種喜歡匿藏在茅草間的禽鳥，雛鵪鶉與家中飼養的小雞沒有分別，但比雛雞小得多。牠們不善高飛，卻終日棲息在茅草叢覓食。我們一但發現鵪鶉，就靜悄悄地躲起來，等牠們經過時，就急似閃電的飛撲過去，像老鷹攫捕雛雞一般，將牠們活生生擒住。如果一撲落空，我們就聯合包剿，或拼命追捕。因此，鵪鶉遇上我們，就像誤投羅網一樣，很難有機會逃脫的。

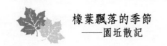
　　捉到了鵪鶉，我們養在籠中，偶然也交給母親煮鵪鶉粥；不過，我們圍捕鵪鶉的目的不在於吃粥，而是製造一種活動空間，讓自己的生命平添色彩。

　　鄉村孩子值得驕傲的地方，就是他們有倔強的性格。我們時常被茅草冒出土面的茅針刺傷腳板（山芭的孩子都赤足），但誰都不會流淚，更不需敷藥；對茅草也沒有畏懼的心。在我們孩子的心目中，只有那片茅草叢才是我們真正的自由天地。

　　就這樣，茅草點綴了我甜蜜的童年，在我心坎裡佔有一個深長的印象。

　　在對茅草的認識，我最欽佩的是倔強的生命力，以及它從不向環境低頭的堅毅不拔的磅礡氣慨。當久旱不雨，百草都枯槁憔悴了，沒有一點兒生氣，只有茅草仍然一片翠綠，保持著它原有的青春，呈顯著它的活力。

　　茅草也不畏燎原的熊烈野火，儘管火燒後的原野一片焦黑，很多雜草灌木焚燒後就會死亡；然而，茅草就不同，它有再生的能力，永遠不會消滅，一場大雨，幾陣輕風，它又從泥層中伸出頭來，重新萌芽，向陽光和雨露含笑！

　　火劫後能繼續生存，這是一個奇跡！

　　你不欽佩它生存的潛力麼？

　　然而，自己的生活範圍畢竟太狹小了，在跳跳蹦蹦的日子裡，決不會想到成長後的重重憂患。當時間迫走了往日的天真與幼穉，我才洞悉夢幻中的世界與現實相差太遠了。於是，在成長過程的嘿熬中，對一切事物都改變了原來的觀點。

　　我又豈會想到那充滿美麗回憶的茅草，如今卻在我的心窗投下一團陰影呢！

　　那是一個不長又不短的假期，為了匡助母親增加一點收入，我搬到一位朋友的園坵工作。

　　一個傍晚，夕陽替天空鋪成了繽紛的彩衣，把遠山近樹渲染了一層絳紅，日落黃昏剎那間變得詩情畫意起來。

　　這是個美好的散步時刻，我和朋友帶著滿腔的愉快與悠閒，躑躅在一條通向遼廣的田野的山徑上，企求一份曠野向晚的幽雅情調，藉以滌盪白天勞作的煩憂。

　　盤桓著，傾談著，無意間抬起頭來，一片萋萋的茅草進入我們的眼底。蒼碧而密麻的細葉，彷彿無數豎舉的利劍直刺著旖旎的空穹。風聲颯颯，蓬鬆如棉的茅草花頻頻點頭，縷縷白絮在晚空飄颺。

　　「你知道一個有關茅草的真實故事嗎？」突然，我的朋友駐足問我。

　　我搖搖頭。

　　「這個悲哀的故事，就發生在這片廣闊的茅草叢。」他指著面前的茅草說。

　　「忘記在那一年了。」他接下去說：「有個孤獨的老人，在這裡翻種了幾英畝橡膠樹。橡苗下種之後，茅草也跟著生長，又逢雨季，不到一個月，整片膠園全被茅草遮蔽起來。但辛勤的老人並不放棄，他抱著信心與熱望，每天日出就出門鋤茅草。在他的勤奮拼搏之下，茅草被削減了威勢。不幸，有一回他病倒了，臥在病榻上整個月，不用說他的膠園因此荒蕪一片了。」

朋友稍為停頓，又說：「這時恰遇旱季。一天，老人的園地著了火，茅草閃電似地漫延了全園，火浪沖天，把老人的膠樹都燒枯了。老人知道後，病情更加沉重，夢囈中『茅草……茅草……』喚不停。」

茅草和野火剝奪了老人生存的意念。不久，他便在鬱悶中逝世了。

最後，朋友告訴我，夜間打從那簇茅草叢經過，常聽見啜泣的哀怨聲，大家都傳說這是老人的陰魂不息，還守著他的園地。

…… ……

從此，茅草在我單純的心扉間改變了形象，蒙上了一層深刻的陰影。我怕看見茅草，更忌憚它挑起那個煙遠的故事。

但是，由於生活困厄的牽絆，我始終無法離開那片膠林，始終無法擺脫鬱鬱的影子，更難淡化那悲哀的故事；而茅草叢裡的童年腳印呵，卻隨著時光的嬗遞而漸遠，而隱退……。

1963年2月《蕉風》124期

新的信心

　　從出生到現在，二十年了，我徘徊在霹靂河畔。

　　時間就像一陣疾風掠過，匆匆且無情，但是，二十年的日子總不算短，水流聲中，霹靂河不知歷盡了幾許悲愴，幾許憂患；而我，也由無知的髫齡踏入青春煥發的年代了。但是，愧疚得很，我依舊像一個懦怯的孩童，沒法擺脫生活無形的囹圄，也沒法飛出這片狹窄的天地。

　　於是，每個暮靄四合、夕日西沉的傍晚，我帶著一顆沉悶的心，擯棄街頭車聲轔轔的呼嘯，拋落倥惚搖曳的人影，穿過花叢綠樹，在霹靂河畔踽踽獨步，藉那泓晝夜不停嗚咽的泱泱江水，滌蕩自己心湖深處的憂鬱。

　　經常地，面對河岸的翠竹蘆葦，以及河面幌盪的波光舟影，我有一份惆悵，也有一份難以形容的感觸……。

　　重溫舊夢，在朦朧的記憶裡，我並非沒有值得回味的時光——那是在知識搖籃裡生活的一段日子。

　　青春，是人人一生中，最值得驕傲的年齡。年青人聚集一起，共同敲叩知識的門扉，共同歌頌美好的人生，愉快中的光陰如添上翅膀的飛箭，一幌，已是六載春風。

離別的鐘聲，消逝在昔日的夢裡，疊唱陽關縮不住青春的行腳。去年，聲聲祝福中，彼此含著滿眶熱淚，輕輕地揚手，奔向另一個嶄新的、璀璨的旅程。

我以滿懷熱望與信心，追求一個幸福的、理想的黎明。

流年似水，悄悄地又過了一年。漸漸，歡笑遠了，驪歌也遠了。然而，我除了在遼廣的膠林中，多踏下一層深深的腳印之外，我並沒有追捕到一些甚麼！

生活，是一條無情的鞭子，我能逃避嗎？

半夜，被壁上的鐘響搖落了昏瞶的酣夢，草率地用過早點，頭上掛著一盞「電石燈」[11]，騎上那輛破舊的老爺腳車，一天的生活序幕便掀開了。

夜黑風高，霧濃露重，在四野莽莽的橡林裡，只有膠工頭上的燈火，閃閃爍爍。那吮人血液的山蛭與蚊蚋，使人不寒而慄。每當我的視線投到跟隨自己在夜裡生活的年輕妹妹時，我心扉中常常浮盪著苦澀的滋味……。

就如此，我被貧困纏繞著。

「別做井底之蛙，囿於陰暗的一隅；你應展翅高飛，觀看廣袤多彩的世界……。」

不止一次了，一個遠方的友伴如此規勸我。是的，我曾有過幻想，掠過高山幽壑，像一隻蒼鷹，飛向花朵繁燦的年青土地！

「不要再做飛的夢想了，處處楊梅一樣花，你腳踏的土地正是美好的土地！」每每，在飛的嚮往中，有一種令人振奮的聲音，挑

---

[11] 電石燈，即利用calcium carbide（俗稱電石）作為點燃的燈。

起我那份年青人獨有的倔強。於是，心靈沉悒中我不向環境俯首乞憐，更不因生活裡遭受折磨而失望。

我永遠難忘，那一個夜晚——

我伴著自己孤獨的影子，盤桓在靜謐的長街，驀地，一個模糊的影子出現在眼前。

終於，我們相遇了。在暗淡的路燈下，我見到了一張熟稔的臉孔。

我們一時興奮的說不出話來，彼此緊緊地握著手。

「在什麼地方工作？」久久，我問。

「工作？……唉，還沒有一點眉目呢！」他說，語調帶有低低的喟嘆。

「……」我沉默，一時不知如何安慰他。

「你呢？」他忽然問。

「還不是舊行——啃那垂死的老膠樹！」我充滿憤慨與憂悒地回答，彷彿割膠是一種鄙薄的工作。

他莊重地說：「你應該感到驕傲，你父母傳授你這行容易找到的行業。像我，讀了十二年書，還在吃老米，做義務量路官……。」

這番話，傾盡了我心中久蘊的愁悶。我的心境突然開朗如藍天。

我不再輕蔑自己。對生活，我有新的信心。

把血汗滴在土地，把青春獻給膠林，我並沒有平白浪費光陰呵！

1963年7月〈蕉風〉129期

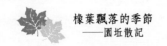

陷阱的陰影

十年，呵，是的，整整十年了，但是，悠悠的歲月，並不曾沖淡父親的記憶；尤其是見了別人捕獵山豬的時候，他那皺紋交錯的臉上，總是充滿憂鬱，有時還發出微微的唱嘆。

時光無影無蹤，往事如煙如夢，我該如何追溯，如何說起呢？實在的，那當兒我還是個垂髮髫齡的孩童，對周遭所發生的一切，除了覺得有趣而外，單純無邪的心靈深處，哪會有甚麼傷痕的意念呢？即使父親本身，我想，也絕不曾想到山豬的陷阱，會在他蒼老的心湖投下一層陰影。然而，世間有許多事情，往往就是這麼令人難以蠡測——長空遊蕩的雲朵，廣漠無涯的海洋，誰能臆度它們的變化？

十年前，父親已是個接近六十歲的老人了，但由於他身體健壯，因此工作猶稱心如意，不覺困難。那時他在一個園坵當膠工，我們全家也住在園裡，環境十分恬靜。

園坵周圍都是膠樹，只有一邊是荒涼廣漠的原始處女林，更遠是山巒錯落，朝霧夕靄常繚繞其間。辛勤的膠工，把接近園坵的處女林開闢後，種植了不少農作物。那時父親割膠的收入菲薄，為了彌補拮据的經濟，也在荒野墾植了一片土地，種植一些番薯、木薯、蔬菜之類，作為副業。

「路，是人走出來的。」父親便是抱著這樣的心來開芭的，可惜，這並不是一條平坦的路。因為種植了番薯與木薯把潛藏荒林中的山豬引誘出來。起初，牠們還有點怕人，在夜晚才敢出芭地尋食，但過了不久，牠們在白天也成群結隊出沒了；大家都沒有槍彈，所以農作遭受嚴重的摧毀。父親的農作物當然也不例外。

農作物既被山豬蹂躪，父親索性放棄原有的割膠工作，而轉行獵捕山豬。只是，一個人的力量單薄，因此他找木青哥合作。

木青哥是個身材結實、魁梧的青年，據說從小便失去了父母，是由親戚養大的。他和父親一樣，在園坵裡割膠，因為沒有家庭負擔，所以日子過得寫意。

父親和木青哥經過一番詳細策劃之後，決定以掘陷阱來捕捉山豬。他們在山豬經常進出的山林泥徑挖穴，穴口架上樹枝，鋪蓋一層枯葉，再撒少許沙泥，山豬走過時，便會墮落陷阱，被活生生捕捉。

記得，當第一個陷阱挖好的翌日，便有山豬中招了。當天，父親和木青哥帶著刀叉、繩索，還有一把木梯子，將山豬五花大綁扛回來。

用鋤頭鐵鏟，足足費了一個月半，他們才掘了幾個穴，這時他們停工了，因為一來土地多碎石，挖掘困難；二來經常都有山豬墮落陷阱，有時一天兩三隻，他們無法分身。

那片原始林，面積廣闊，野獸很多，更是山豬的天堂。父親與木青哥還特地種植了番薯和木薯，引山豬上當。那時很少人養豬，所以山豬銷路好，價錢也不錯，我們的生活比割膠輕鬆。父親也一改過去深沉的臉孔，變得容光煥發！

　　鄰居都羨慕我們。我呢，最難忘懷是母親醃製的香噴噴的「山豬芭」（山豬醃肉）了。那味兒直比新年的臘肉呢！

　　木青哥與父親極友好，由於合作捕山豬，感情愈親密。木青哥每晚都到我家，有時是聊天，有時是商討山豬和陷阱的事情。總之，無論在甚麼時候，他們都形影相隨。

　　一個細雨霏霏的早上，父親和木青哥照例去林間巡視陷阱，他們兩人心情都同樣興奮，因為山豬最喜歡在微雨中出現。果然，他們發現有個陷阱的枯葉裂開一個大洞，以為又有山豬中計了，不料往下細看時，他們不禁被嚇得一跳，洞穴裡竟是一個老婦人！

　　他們急忙將老婦救起，但她的雙腳已經不能行走了，呼吸也極其微弱。

　　「老婆婆，你怎麼會跌下去的？」木青哥問。

　　老婦微微睜開眼睛，低聲回應道：「我……我……是自己……跳……跳下去的。」

　　她停歇了一會，把實況說出來：原來老婦受到兒子和媳婦的虐待，而自尋短見的。她曾企圖自殺，幸被人發現救起，因此想到自投山豬陷阱解脫。老婦送回家不到幾天就去世了，父親感到非常內疚與不安，於是打算填埋所有的陷阱，放棄捕豬這行業。可是，木青哥堅決反對。

　　「老婦是自殺死的，與我們無關呵！」他說。

　　「老婦雖然不是我們害死的，但洞穴卻是我們動手挖掘的啊！」父親意志堅定，並表明重拿膠刀。

　　「你既然放棄，我就自己幹！」

想不到，父親和木青哥的感情，隨著山豬陷阱而親密，也隨著山豬陷阱而疏遠！

從此，木青哥獨自進出荒林巡視山豬，上演獨腳戲了。

父親原本要遺忘陷阱的事，偏偏事與願違。

「木青哥被山豬咬傷了，情況很嚴重呢！」

一個迷濛的黃昏，一道不幸的消息，把父親對木青哥的芥蒂消弭了。他像傍晚的疾風，快步飛到木青哥的家，「亞青，你覺得怎樣？」父親抱著滿身血跡的木青哥，悲切地問。

「啊……是你……」木青哥氣若游絲，說道：「我……我不行了。這是我不聽……你的忠告……的結果！」

「不，你沒有錯，犯錯的是我。如果我們合作下去，你不會像今天的。」

原來木青哥在巡視陷阱時，迎面衝出一頭山豬，他一時措手不及，被山豬撞倒，又遭獠牙猛撬，以致遍體鱗傷。

這是父親和木青哥斷交後第一次談話，沒想到也是最後一次了。因為木青哥掙扎了幾天便逝世了。

時光流轉可以沖淡一個人的記憶，然而，山豬陷阱的陰影卻永遠烙印在父親的心窗上。

1963年12月刊於〈蕉風〉134期

寸草心

> 慈母手中線，
>
> 遊子身上衣，
>
> 臨行密密縫，
>
> 意恐遲遲歸。
>
> 誰言寸草心，
>
> 報得三春暉！
>
> ——孟郊

今晚的月亮好渾圓呵！我踏著那輛破舊的老爺單車，趁著溶溶昭炯的月華，回到了孤獨的小樓閣，一陣無名的寂寞又襲上心潮了。為什麼會如此呢？我沒法找出真正的原因，我只能向你傾訴⋯⋯母親，自離開你之後，我的日子就過得很寂寞。

沒有嘗過漂泊苦果的幸福者，不會想到故鄉土地的溫馨；同樣地，一個沒有離開過家庭的孩子，無法體會出母親懷抱的溫暖。

我雖是初離鄉土，可是僅僅幾個月，我便體驗了人情的冷淡，世情的夷薄，因此也就增加了我對家的嚮往。母親，你可曾知道？多少次我在夢寐中，尋覓故鄉的路，企圖像一隻小鳥般，投向你的

溫懷，接受你柔和的慈慰。只是啊！故鄉遙遠，路途渺茫，遊子青春沉重的腳步一次又一次地，被生活的繩子羈絆著，無法實踐所願。

母親，你不願我離開家的懷抱，正如我不願遠離你一樣。但是，為了尋找生活的綠洲，我又不得不向你作別。

如今，家的溫暖，友誼的祝福，都遠了。夜夜，我唯有對著筆墨書本勉勵自己，望著星光明月回憶你的叮嚀。……每次，我都盼望聽到你的聲音，看見你的微笑呵！母親，你可曾知道？

「世上只有媽媽好，有媽媽的孩子像個寶，投進媽媽的懷抱，幸福享不了……。」

聽到這首歌頌母愛的歌，已經不只一次了。每當聆聽孩子唱它時，我的心就不能平靜；我聯想起童年時，在你懷中默數星星，以及細聽故事的美麗回憶。

這美麗甜蜜的往事，如今何處去找尋？

時間偷偷溜過，我離家很快又是半年了。但是，離鄉的情景卻一點也不模糊。那天你同妹妹送我到車站時，你說：「在外不比在家，一切都得自己留意啊！」

當我踏上火車的剎那，我說不出心裡的悽楚與難受；可是，在那麼多人面前我又不敢流淚，所以只有把視線投向遠天，不敢回顧你。我深知，母親，當時你一定淌下眼淚！

像一隻羽翎初豐的小鳥，我飛向一個陌生的地方。……

別後的日子，母親，我不曾快樂過。我常常想起那首讀過的古詩：巢中有兩隻雛燕，天天張開黃口，向母燕索吃。母燕不畏辛

勞，須臾來回四五次，還怕雛燕挨餓。在母燕哺養之下，雛燕漸漸長大了，羽毛也豐富了；可是，當牠們學會了飛翔的本領之後，就隨風飛向蔚藍的天空，連頭也沒有回轉向母燕望一望。

這篇詩對我豈不是一個極大的譏誚？我離開家，離開年邁的你，我豈不像詩中的雛燕那麼不孝與寡情？所以，在漂泊的歲月裡，有一段日子我心坎充滿著矛盾，還有不安。

曾經，在幾次深思之後，我有重歸家園的意念；然而，我多感動與慚愧，母親，當接到你的信：「留下吧！為了讓生活開花，你要迎迓更大的風暴。男兒志在四方，勿以我為念！」

我於是繼續留在異鄉，作一個漂泊者。

漂泊的歲月，正如困守圍坵一般難受。我每天都要踏著那輛老爺腳車來回兩趟。那窟窿處處的紅泥路，踏腳車特別吃力與困難；旱天沙塵迷漫，雨天一片泥濘。這些，我並不感到辛苦。母親，是你給予我毅力及鼓舞呵！

於由工作的關係，我擁有一間玲瓏的小樓閣，室內一切設備都極完善，比起故鄉的「亞答」[12]屋不知強了多少倍呢！然而，我總覺得這裡彷彿缺乏什麼。我並沒有每晚回去歇息，小樓閣只能招引我更多更濃的鄉愁，以及對你的眷戀。母親，你可曾想到？

母親，我從小就喜歡歌讚生活與勞動，你說這是不是與我的出生有關呢？敬告你，母親，孩兒如今也同樣愛跟工友接觸，同他們聊天，聽他們敘述生活中的不幸與美好。有時晚了就睡在工友處，「處

---

[12] 亞答（Attap），一種長在沼澤的棕櫚科植物，葉子可編織成亞答蓋房子。

處無家處處家」，這種吉普賽式的生活，我覺得，比回去孤獨的小樓閣更為有意思。異鄉如果說有溫暖，這恐怕是唯一的溫暖了。

今夜，對著疏星明月，母親，你的影子又浮現在我記憶的門扉了。我常私自悔恨，恨自己之無能，不能奉養年邁的你，雖然我深知，你不會有半句怨語；因為當我第一次發現你頭上出現白髮時，你曾說：「我還能工作，我不曾老呵！」

家，是世界最溫馨的理想家園，這是事實。然而，母親卻是溫馨的播種者。有朝一日當我踏進家門，我要先投入你的溫懷，接受你柔和的慈慰。

1964年1月5日稿於吉打

1964年3月刊於《海天》第12期

墟市

　　喜歡流汗、熱愛生活的勞動者，都是惜土如金的；對於屋前屋後的一片小小空地，他們也從不輕易放棄；正業之餘，常常掄起鋤頭，一鋤一鋤地將泥土翻鬆，種下一些他們心愛的作物。這樣，一來可以防止野草的蔓延，二來又可將作物出賣，多賺些零用錢，一舉兩得的事，何樂而不為呢？

　　在吉打米都與玻璃市，靠稻田生活的農家，每年八月過後，金黃色的穀粒全部送進了米較，田野只剩下枯黃的稻桿在喟嘆孤零。對於農家來說，這是一段相當悠長的閒暇日子。但是，他們不願遊手好閒，讓寶貴的光陰留下空白。於是，有的荷鋤翻土，在田疇邊上栽種香蕉、花生、茄子、生薑、辣椒菜類等；有的豢養家畜，諸如雞、鴨、火雞等；有的進山林砍竹砍藤，編織了籃子、笠帽、筐子、簸箕，或以蘆葦編織草蓆。總之，他們都懂得盡量利用環境和本能，多多爭取生活的費用。

　　他們遠離城市，那麼，他們的產品又如何售賣呢？

　　很簡單，他們選擇了一個日子，作為「趕集日」；規定了一個適當的小鎮麕集，叫做「墟市」。以後每逢這天，他們便趕到小鎮集合，向眾人展示他們的手工藝，農作以及家畜。

偏僻的小鎮，平時闃靜寂寥，居民的生活就如一泓止水般，不但刻板，而且單調。於是，大家都渴望著集墟的日子，讓生活掀起一點漣漪。

集市是個眾人繁忙的日子。距離小鎮較遠的人們，往往披星戴月，在黎明之前推車挑擔，越嶺翻山趕集了。逛墟的人群，除了小鎮的居民外，更多是來自椰林深處的採椰人，來自園坵裡的膠工，以及鄰近的鄉民。至於那些路過的旅客，停車參觀或購買的也大有其人。

巴剎的早晨，人頭攢動，一片喧囂，震耳欲聾。因此，我一向怕進巴剎，更不願在狹窄的甬道上與人潮推擠。可是，我卻愛逛墟市。駐足米鄉才一年，逛墟市的次數愈來愈頻密。這並非意味著墟市沒有巴剎的喧嘩，或者我厚此薄彼，而是墟市的小販不像巴剎那樣糾纏不清，拉拉扯扯；你盡可以東看看、西瞧瞧，或問問價錢不買，也絕無人當你是「無聊者」。

又是集墟的日子了，早晨太陽才露出半個紅臉，小鎮就熱哄哄起來了。馬路旁破舊的攤檔，平時寂寞的連路人也不瞟它一眼，今天每一攤都擺滿了蔬菜瓜果，各種手工藝以及雞鴨，成為眾目注視的中心。每每，攤檔不敷應用，沒有攤檔的小販，只得把產品擺在草地上叫賣。

要買含有泥土氣息綠嫩欲滴的蔬菜嗎？要買精巧美觀、玲瓏雅致的手藝品嗎？要買價格相宜的雞鴨，大個新鮮的蛋類嗎？墟市有的是，你可以任意挑選。還有那熟透的懸掛著的香蕉，那肥美鮮活

的魚類,對你的味蕾都是一種誘惑。你家裡需要用一頂笠帽,要多置一張籐椅,也可以在墟市裡買到。總之巴剎裡有的,這裡都有;巴剎裡沒有的,這裡也可以找到。要物美價廉,要齊全利便,你就到墟市去吧!

早晨的墟市,顧客有如浪潮,絡繹不絕。過了中午,便是墟散的時刻了,買者聲消跡匿,賣者也陸續歸去,小鎮又回復了原來的靜穆。集市的一隅,攤檔和地下,只剩下零零碎碎的菜黃及果皮,平添了幾分蕭索。

墟散了,鎮民又被遺落在原來的空寞裡。如果你不是目擊者,你必定不信這裡先前的熱鬧與繁忙。

其實,人生又何嘗不是如此聚散無常呢?

1964年8月5日《學生周報》420期

兩顆橡籽

「老膠樹我實在割厭了。」

「找一個新樹『行頭』[13]吧！」

不只一次了，年輕的妹妹向我訴苦，希望換一個較好的生活環境。每當她提出這個問題，我也有同感。我們割了十多年的老橡樹，樹幹長滿「疙瘩」，樹葉也黃橙橙的，好像要凋落的樣子；更大的難題是，園裡到處一片荒蕪，藤蔓雜草叢生，茂盛得見不到人影。總之，一眼望去形如荒廢已久的園坵。

割老樹非常不合算，膠汁少、工作繁。每天當別人猶在夢鄉的時候，我們便要起床，點起頭燈趕到膠林裡，在荒草中逐棵逐棵割；因為要架梯割，割完一棵又背著梯子在無邊的黑夜裡奔走，爬高又爬下，不只辛苦，而且有危險性呵！

但是，十二年了，母親天天以血汗和老膠樹換取膠汁，求得三餐溫飽。母親就因為從梯子摔下，傷了腿筋，在家休養。我踏出校門，接過母親肩上的擔子。我能輕易退縮放棄嗎？

妹妹呢，也走上與我了相同的路，輟學後拿起膠刀。

我覺得，我們就像兩隻啄木鳥，為了三餐，天天握緊膠刀，不停地敲叩那蒼老的橡樹。可是，我們非但不能除去蟲害，讓老樹重

---

[13] 行頭（task），是指割膠的單位，以棵數為準；樹齡愈老所割的膠樹迭次減少。

新茁芽，長出翠綠的嫩葉，而相反地，在我們無情的刀刃下，橡樹天天流出乳液，橡葉更漸漸地枯黃、漸漸地凋零。因此，我們也更像蛀木的害蟲，不是啄木鳥。

不過，我們之所以要換新園，並非因為自己是啄木鳥或蛀木蟲，而是另有原因——

一個陰霾的早晨，灰濛濛的天空落著微雨，我和妹妹提前收膠，避免膠汁被雨水沖去。我們各自提桶，分頭忙著。

就在將近收完膠汁的時候，妹妹忽然「叭啦」一聲，率了一跤，桶內的膠汁濺滿身體，連地面也一片乳白色。

她低聲嗚咽著。我跑過去扶起她。

「摔痛了那裡？」我問。

「沒有。」

「那你又哭什麼？」

她拿起地上的空桶，囁囁地說：「我……我……倒了血汁換來的膠水……。」

我聽了，彷彿有一枚銳利的針，刺進我的心坎。

其實我們所割的老膠園地處山拗，又斜又陡，舉步也感困難，下雨更糟，膠林的小徑又滑又泥濘，摔跤失足是難免的，何況手中還提著沉甸甸的膠汁。想不到這竟在妹妹的心靈深處蒙上傷痛。

我也對老膠樹萌起厭惡。於是拜託親朋戚友尋找新膠園，想改變困厄的日子。

可是，一個月過去了，沒有消息。

兩個月過去了，沒有消息。

三個月又匆匆過去，一樣沒有消息。

我們都有點焦慮了。我們也深知，新樹膠園不易找到的；但是，希望雖渺小，我們依然天天等待著。

人，不是靠了許多小希望而生存的麼？

真是皇天不負有心人，在等待了四個月之後，我們終於達到心願。不但是新樹，而且還是駁枝樹[14]呢！

我高興得如同中了福利彩票，妹妹說我們「升級」了。因為駁枝樹要非常熟練的膠工才可以採割，割得過深過淺都不行，樹皮消耗也要控制得宜，每月不得超越一吋。沒有豐富的割膠經驗，是不能勝任的。我讀啟蒙時，已經學會割膠，一直到唸中學，我都沒有放下膠刀，十多年的長期累積，割駁枝樹自無問題；而妹妹呢，也有整整五年的割膠歷史，當然也有把握。

園主帶我們略略巡視了一遍膠園，除了東一叢西一簇生長著一些茅草，看來有點礙眼之外，一切都堪與大園坵媲美。我們感到愜意。

於是我們揮別了那片荒淒的老樹，走進了一個新的環境，新的膠林。在我們天真而近乎幼稚的想像中，這是新的生活，充滿著快樂和希望！

人生，有甚麼比希望兌現時，更值得歡欣的呢？

---

[14]　駁枝（budded）樹就是採用芽接法繁殖的樹種，可以保持原來樹種的品質。

　　然而，也許生活的道路永遠沒有平坦，希望的背後也隱藏著不幸。園主提出太過苛刻和不合理的條件：例如早晨下雨，中午還要出門割膠；應該平分的膠絲，全歸園主……，這都不合一般小園的利益分享條規。但是，為了工作，我們只有沉默容忍。

　　古人說的「好夢由來最易醒」，我真的相信這句名言。因為我們割新樹的日子，只有短暫的幾個月。

　　一天，窗外風雨淒淒，我們好像東海岸「封港」[15]時憂鬱的漁夫，默對長空發愁，唏噓唷嘆，而陰霾昏沉的空庭依舊陰霾昏沉，絲毫沒有放晴的跡象。

　　妹妹和我正聚精會神在看書，驀地，門外揚起腳步聲，想不到園主冒雨來訪。「無事不登三寶殿」，我知道他一定為了膠園的事而來。

　　「膠林裡的茅草長得很高了吧？」園主開門見山問。

　　「是的，頭家[16]。」我放下書本回答：「尤其近來雨水多，長得更加茂盛。我看頭家得趕快僱人鋤掉。」

　　「我正為這事來找你們。你們割膠應該包鋤草，這樣膠園就能保持清潔。」

　　這真是一種剝削，整理雜草是園主負責的事，他竟推諉職責。茅草那麼多，一個月都難消除。況且我們天天工作，那能兼顧雜草。所以我拒絕了園主的非份要求。

15　每年十月至翌年三月，南中國海的季節風襲擊半島東海岸，連續的暴風雨使漁夫不能出海捕魚，稱為「封港」。

16　頭家（touke），為大馬人對老闆的稱呼。

「你還不滿足嗎？你全家的生活費是靠我的園坵啊！」他似乎在生氣。弦外之音，我當然瞭解。

「膠園是你的，膠樹要給誰割，權力都在你！」我也深感不悅。

「那麼，你們另謀高就吧！」

容忍，是種美德，可是超越了限度便是委屈求全。失去新樹園坵雖然心中填滿憂鬱，但被人欺辱更加難受。

就懷著一份天生的倔強，妹妹和我毅然重回老樹園坵的懷抱，回復過去那種點頭燈、爬梯子割膠的生涯。如今，很快又半年多了，我們默默地耕耘，像兩隻努力的啄木鳥。

一顆橡籽落在貧瘠的土地上，只要充份的陽光與適量的雨水，它即能迎接風暴，在惡劣的環境裡萌芽茁長。在老園坵，隨處都可見到如此自力更生、無人栽培的橡苗。

那是老橡樹的種籽爆裂，拋落在叢草中頑強的生命呵！

妹妹和我，在蒼老廣袤的膠林中，不也是兩棵橡籽麼？我們不但在膠林的泥層裡生長，同時更戮破一切阻礙，為了綻開燦爛的花朵，結出堅硬的果實！

1963年10月《蕉風》132期

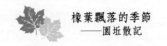

曙光

假如有人問我羨慕不羨慕月亮同星光，我的回答是：它們的光亮雖然柔美，雖然它們從古至今被詩人讚頌了又讚頌，但是我最羨慕欣賞和深愛的，卻是經過黑夜煎熬，經過痛苦的掙扎而在東方緩緩升起的曙光。

曙光，它和燈火一樣，是傳播光明和溫暖的使者，假如說我們不能沒有燈盞，那我們更不可沒有曙光呵！

沒有曙光，天地永遠被圍困在濃濃的昏暗裡，看不見青的山、綠的樹；看不見藍天、白的雲絮；也看不見深潭幽壑、荊棘和陷阱。

沒有曙光，魑魅載道、狼嗥虎吟，猛獸和惡魔將同時伸張勢力，毒蛇和夜梟將藉夜作庇護，到處活動。試想生活在那樣的環境，一舉手，一投足，是多麼地恐怖和危險喇！

——幸而我們有曙光。它驅去無邊的黑暗，拉下夜魔猙獰而醜惡的帷幔，給大地帶來燦爛又和暖的光輝，排除了我們內心的憂慮同恐慌。所以曙光不只值得我們羨慕，它同時更值得我們齊聲謳歌讚美。

曙光，它是多麼偉大呵！

　　我是一個在鄉間成長的孩子，從小就習慣了早睡早起。我喜歡在大地甦醒前，走到沒有阻礙視野的地方，呆望東方黑暗的盡頭處，呼喚黎明展示的第一線曙光。我想許多人也和我一樣，是酷愛那魚肚白的曙光的。它在黑暗中經過了久久的努力掙扎，克服了重重的艱難，擺脫了一切桎梏，含著溫和的笑容以勝利者的姿態出現。那情景多麼令人鼓舞，令人歡欣。

　　當你一個人走在黑暗而荒涼的路上，對著隨風搖曳的樹影，聽著夜梟淒切而恐怖的啼叫，你一定會膽怯驚慌。這時候，如果前路顯露出曙光，你不但不會畏縮，而且有信心繼續摸索向前走，因為曙光給你希望和勇氣。

　　曙光，它不只是光明溫暖的傳播者，它同時也象徵著希望和幸福。在那多難的國度裡，烽火連天，爆炸的蕈狀雲處處升起，在槍林彈雨殺氣衝天的慘局下掙扎求生的人民，他們魂牽夢縈的是和平的曙光呵！可是，這幸福的曙光何時才在他們昏天暗地的國土出現呢？

　　我羨慕中的曙光，不只是來自晴空的。在祝福黎明的曙光的同時，我也為希望和幸福的曙光祝福。

1966年7月24日子夜稿

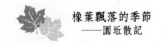
從午夜的雨聲醒來

從午夜的雨聲醒來，我有失落的感覺。身在何處呢？窗外、門外，風蕭蕭、雨哀泣。我不知道自己是否被風雨驚醒，抑或被夢中猙獰的女巫追醒。兩種可能都有。風雨的聲浪盈盈在耳，女巫的魔杖也經常飛落我的夢鄉。

從午夜的雨聲醒來，四周一片黑暗。幾點鐘了？我不知道。知道也沒有用。太陽還在西半球的摩天樓頂忙碌，黎明的旗號猶未升起。四周一片漆黑，窗外，雨仍癡癡，醒來是多麼地無奈。

人類是萬物之靈，我們製造了氫氣彈、太空船、火箭。我們有能力美化世界，也有能力毀滅世界。可是，為什麼不撕破夜神的黑衣，讓我從午夜的雨聲醒來寂寞在床上？

人類是偉大的也是渺小的，廿世紀七十年代的我們是文明的也是原始的。十字架不再意義什麼白鴿被關進了樊籠，菩提樹下已無人打坐。槍聲不絕中，菌狀雲漸漸蔓延、擴撒。刀劍閃亮使人覺得身在遠古的朝代裡，飛彈和火箭的穿梭又確信這是屬於太空的紀元。呼吸中有血腥的氣味，我們卻在原子的微塵裡，尋找一片淨土。

風蕭蕭兮影水寒，壯士一去兮不復還。千百個壯士，也挺不住一顆炮彈，血肉之軀，令荊軻斷臂折首。而風雨刷不走他的氣節，時光沖不去他的傲骨。

　　這就是二十世紀，人類的文明與榮耀發展到達地球以外星系的世紀。醫學昌明而病態叢生的世紀。

　　從午夜的雨聲醒來，懶在冷冷的床上，寂寞與無聊又敲擊我的心田。人是多麼地矛盾，該夢的時刻無夢，不該夢的時刻又沉醉在夢裡。人的世界，矛盾的世界，從野蠻演變到文明，又從文明回復到野蠻。火箭、氫彈，是進步的演繹嗎？抑或準備製造更多屍體？沒有正確的答案。

　　活在花花世界裡，在霓虹燈朦朧的影子下，我們只感覺一陣迷眩。於是，有人憤怒地嘆著：失落、失落、失落……。

　　醒來，從午夜的雨聲醒來，人在床上無聊。窗外雨淒淒地落著。

　　　　　　　　　　　1967年10月南洋商報〈綠原〉版

橡葉飄落的季節
——圍坵散記

【後記】

遼遠的路程

冰谷

　　這本以園坵紀實為主體的散文集，當年由棕櫚社出版頗獲口碑，初版短期間售罄，本該早日再版。但是棕櫚社是集資印書的全仁出版社，由一群胸無大志卻對文藝執著的窮青年組成，大家每個月從收入中抽取二、三十元作為基金，基金籌備足夠應付一本書後才輪流出版。這種情況再版同一作者的作品就有難題。

　　大家對文藝書的出版雖然熱烈嚮往，但在開會商討出版事項時沒有成員爭先恐後，反而互相推讓；這種精神值得我們感到驕傲。棕櫚成員多為教師，教師不能兼職，因形勢我被推選當社長；唯執行編務與接洽出版幾乎全由小說家宋子衡一手包攬，從封面設計、題字、編排、選紙、配色，無不花盡心思。他默默耕耘，且都沒有令大家失望。棕櫚叢書出版後，無論內容與形式，均獲馬華文壇的垂注和喝彩。這是我們當時料想不到的事。

　　《冰谷散文》出版後，先後讀到五篇相關評論，這裡僅收錄兩篇。評文作者趙戎、符氣南兩位先生與筆者只隔一道星柔長堤，卻

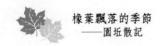
緣慳一面，如今兩人已先後作古。感激他們當年為我投下文學刺激素之同時，也對他們無法讀到這本遲來的園坵散記，深深感到遺憾！

過去文藝界同道多次呼吁我將《冰谷散文》再版，最接近的一次是在1997年當我在丹絨馬林居留的日子，一家書店老闆決定出版一套叢書，包括我這本散文，全書打字完成了，甚至我的再版序文也在文藝期刊亮相了，突而爆發的一場亞洲經濟風暴，把書店的全盤出版計劃化為一縷輕煙。

感激秀威資訊科技有限公司不嫌文拙，願意將我這本早期的散文集再版。其實說再版也不完全正確，因為其中有半數篇章從未結集成書的。園坵很多重要的景物或因繁忙當年忽略，椰花酒、印度廟還有彎河衍生的多重生態，都是我退休後重現橡林時的驀然回首。錯過這些幾近湮滅的景觀，這本園坵紀實就落得淡薄而大為失色了。我把前期與後期同系列的題材拼合，構成這本較完整的《橡葉飄落的季節——園坵散記》，在個人的文字組織與結構上因時間造成的痕跡，失調或偏差是難免的，盼讀者見諒！

當年棕櫚叢書以小資本印刷，每種叢書頁數限在120頁，交上去因超量多篇被臨時抽出的書稿，都在這裡補上。趁再版的機會一些篇章我重新修訂，希望能減少文字上和語句上的失誤，但也不敢說完美無疵。還盼讀者賜教！

本書中〈橡實爆裂的季節〉和〈夜路〉曾被兩家出版社選入中學教材，而〈野店〉也選作中學輔導讀本，這給我莫大的驚喜與鼓勵。台北大學陳大為教授和新紀元昆羅爾講師兩篇評論對這系列

題材的分析，讓我有勇氣向文學作更深入的追求與探索。感激他們的激勵！

　　為了增加真實感和閱讀上的愉悅，增訂本的園圻散記在不少篇章配上圖照。我因久病行動不便，好些圖片由親人或朋友代為拍攝，長遠跋涉捕獵鏡頭，使本書增添風彩，特此致謝！

2010年10月25日於大馬／雙溪大年

【評論一】

略論冰谷的散文

趙戎

　　冰谷是北馬年青詩人，也是一位新穎的散文家。他出生於農村，長大於農村，有著一顆純潔的心靈和高尚的情操，所以他的創作態度是真摯的熱情的；更由於他出生於一個窮苦的農民家庭，所以在每篇作品裡透露出農民的勞苦，和對土地的依戀與生活的掙扎。在馬華散文作品裡，我從未見過有如此濃厚的綿密的深入的描寫。在《冰谷散文》一書裡，收集了三十六篇作品，是可以得到一個印証的。而且，冰谷是一位典型的農民作家，一般矯柔造作的浮光掠影的描寫農村題材的作品，是不能和他相比的。他在《小城戀歌》裡有說：「在文藝的園囿裡，我最先接觸的是散文。」我們可以這麼說，他當初寫詩，同時也在寫散文，雖然他的詩集先出版了好幾年，但他的詩和散文，同樣被一種思想感情貫穿著，而且前後的表現一致，那麼，他的創作的立場底堅定，是值得我們的讚美的了。他說：「我重視傳統，但決非抱殘守缺的人，我讀朱自清和徐志摩，也讀現代主義作家的創作。只有通過了深入瞭解，才能擴大

自己的視覺，進而提高作品的深度。」我相信他能做到這點，並且有優越的成績表現。

冰谷的感情是豐富的，他不特熱愛鄉土，也熱愛他的家庭和農民大眾，甚至一草一木，鳥獸蟲魚，都在他的熱愛範圍，他真夠得上「泛愛萬物」的博愛主義者。就以人們認為不祥的烏鴉來說吧，當人們把鴉巢搗毀，殺死烏鴉時，作者的心情是很沉痛的，他抱不平地說：「幾許人誇耀鸚鵡的穎敏，謳歌畫眉鳥的金喉，欣賞孔雀斑爛的羽毛；烏鴉同樣有穿雲掠山的翅膀，翱翔千里而沒有倦意，但沒有人頌讚。烏鴉的叫聲不吉祥嗎？幾聲『呀呀，呀呀……』啼叫，惹來人們的詛咒，甚至攻擊；然而，喜鵲的啁啾，真個捎給我們幸運嗎？」然而，冰谷的感情不是濫發的盲目的，而是以功利為原則，他驚異於人們行為的顛倒，那些飛到稻田裡偷吃穀子的斑鳩，人們不但不詛咒厭弄牠，還把牠供養在籠子裡，烏鴉貓頭鷹還要遭殺戮，他抗議道：「人類既自認為萬物之靈，當然有超越其他一切動物的地方，對萬物的青紅皂白喜愛厭惡，自然會有很明確的判斷和分界。可是，人們不但抹殺了貓頭鷹對他們的利益，忽略了牠們捕捉老鼠和蚊子的苦心；而且還因為牠們羽翎不美觀艷麗，歌喉不悅耳圓潤，以種種的藉口加以嘲罵。」由此可見他對事物的態度了，他不是人云亦云的應聲蟲！同時，他反對戕害弱小與無辜的心靈，比如田蛙，「上蒼僅援予牠們潛逃的本領，沒有賦給些微禦敵的武器，使牠們連基本的抵抗也沒有，便輕易地成為人類及毒蛇果肚的犧牲品。撇除田蛙捕吃害蟲的功勞不算吧，沒有鈎爪和尖齒，黑夜也不能為牠們庇護，田蛙，只靠一根舌頭求取生存，是多

麼無援又可憐的小動物呵！」孟子說：「惻隱之心，人皆有之」。冰谷可說是個仁者了。

　　喜歡散文的冰谷，當然也讀過李廣田的作品，李氏的〈野店〉，可說是一篇傑作，開明書店出版的教科書也把他編進去。冰谷也寫了一篇〈野店〉，然而內容卻大異其趣。他寫得不是「未晚先投宿，雞鳴早看天」的野店，而是園坵裡割膠工人找生活情趣的唯一地方。所以這種野店是每個園坵都有的。因為膠工們在長夜漫漫的悶熱天氣裡，為了排遣時光，自然都不約而同地走進野店來的。店裡的設備雖然簡陋不堪，但他們不計較這些，卻把白天工作的沉默，盡情地來個毫無阻礙的傾談了。作者說道：「我曾經怨懟過園坵的生活寂寞。回想二年前，我孤身隻影投奔到這裡工作，人地生疏，一切困難，那時大有『不如歸去』之意，幸而有野店作橋樑，使我在短期間結識了不少朋友。今天我已像一棵橡樹，根鬚深入了這園坵的泥層，再也拔不起來了。這不能不說是野店的賜予呵！園坵的生活是寂寞的，在寂寞的生活裡，野店不只替工人平添了不少生活情趣，它同時也是一座小舞臺，每個工人都是觀眾，也是演員。我希望在三、四十年後，自己能以長輩的身份，在野店裡向年青的一代，演述我們現時抵禦侵略的光榮史劇！」一間破落的店子，給作者寫的令人嚮往不已了。是的，野店裡是蘊藏著許多辛酸的血與淚的故事的，然則我們又可以比較當地的野店和中國是多麼不同呀！

　　冰谷的特點是從平凡的小事著眼，卻寫出令人感動令人懷念的篇什，例如〈墟市〉在一些偏僻的地方必有的，在作者的筆觸下使人起了遐思：「偏僻的小鎮，平時閒靜又寂寥，居民的生活就如

一泓止水般，不但刻板，而且單調，於是，大家都渴望著集墟的日子，作為生活上的一點漣漪。集墟是個眾人繁忙的日子，距離小鎮較遠的人們，往往披星戴月，在黎明之前推車挑擔，越嶺翻山趕路了。逛墟的人群，除了小鎮的居民外，更多是來自椰林深處的採椰人，來自園坵的膠工，以及鄰近村子的鄉民。至於那些過路的旅客，停車參觀或購買的也大有其人。」這一幅中世紀式的墟市圖，在冰谷的平淡描劃下使人神往了，教一個作客異鄉的遊子，讀了能不思鄉麼？我們可以這麼肯定的說，凡能感動的作品都是有價值的。作為讀者的我們，是受了作者筆鋒的感動，而作者，卻為熱帶山河的感動，而抒發他底心聲：「倘使你曾一度生活在霹靂河畔，其後因環境關係而悄然告別，那麼，當你咀嚼飄泊苦果的當兒，對霹靂河更會深深地緬懷著，也許，在異鄉的月圓之夜，夢寐中你也會情不自禁地，向她召喚了又召喚。」我曾說過，第二代的年青散文作家都是熱愛這赤道河山的，他們生於斯長於斯，對當地產生了無限的戀情，像一株生根於熱帶的植物，唯有依戀這土地的氣息。像君紹、慧適、蕭艾、憂草、魯莽、沙燕、梁誌慶等便是。他們的作品，才是有感情有血有肉的，反映現實底風貌的。早期南來的文人如金丁，王君實等，創作魄力並非沒有，文筆技巧也不差，但卻無法寫出更深入的作品。即以轉後一點的蕭村而論，他的《山芭散記》也不能比《冰谷散文》集的，此無他，完全是作者的思想感情決定了他底作品價值。

　　山芭底生活，居住城市的人是多麼感到莫名和恐怖，因為熱帶地方的毒蛇猛獸，山嵐瘴氣，是令人心寒的；然而，在冰谷的輕描淡寫下，卻使人感到它挺可愛了。即使是原始的荒涼的地方，也充

滿了引誘性的。山芭裡的紅泥路，茅草坪，風風雨雨，蛙鳴雞叫，橡籽枯葉，煙霧曙光，無一不是可愛的。在山芭裡過慣了這種樸實的誠實的生活的人們，有誰願意接受都市那種半瘋狂半墮落的的繁囂生活呢？不信的話，請看冰谷的鈎勒吧——

一個傍晚，夕陽替天宇披上美麗繽紛的彩衣，把遠山近樹渲染了醺醺的絳紅，編織成一個極富畫意詩情的日落黃昏。

這是個美好的散步時刻，我和朋友帶著滿腔的愉快與悠閒，躑躅於一條通向遼廣的田野的山徑上，企求一份曠野向晚的幽雅情調，藉此滌蕩白天的煩憂。

盤桓著，傾談著，無意間抬起頭來，一片萋萋的茅草進入我們的眼底。蒼碧而密麻的細葉，彷彿無數堅舉的利劍直刺著灰濛暗淡的晚空。風聲颯颯，蓬鬆如棉的茅草花頻頻點頭，縷縷白絮在空際飄颻。（茅草）

路，永遠那麼顛躓崎嶇、凹凸難行，旱天裡沙塵飛揚，滾滾有如陣陣紅霧，霪雨的時候卻又處處積水，一片泥濘，好像塘底汙濁的泥淖。

一個人走這樣的路，本來已經感到淒涼了，不是麼？何況又是在四處靜寂、沒有人跡的黑夜裡，只有自己敲響泥路的跫音，在漫長的夜晚，延展在眼前的路就彷彿更加長遠而彎曲了。

是晴朗也罷，陰雨也罷，橫豎這和我都沒有多大的關

係，只要太陽疲憊地躲到遠遠的山背，大地沉下了黑幔，即是我踏上征途抖擻精神趕夜路的時刻了。（夜路）

我是一個在鄉間生長的孩子，從小習慣了早睡早起。我喜歡在大地甦醒前，走到沒有阻礙視野的地方，呆望東方黑暗的盡頭處，呼喚黎明展示的第一線曙光。我想許多人也和我一樣，是酷愛那魚肚白的曙光的。它在黑夜中經過了久久的掙扎，克服了重重的艱難，擺脫了一切桎梏，含著溫和的笑容，以勝利者的姿態出現。那情景多麼令人鼓舞，令人歡欣！

當你一個人走在黑暗而荒涼的路上，對著隨風搖曳的樹影，聽著夜梟淒切而恐怖的啼叫，你一定會膽怯驚慌。這時候，如果前路顯露出曙光，你不但不會畏縮，而且有信心繼續摸索向前走，因為曙光給你希望和勇氣。（曙光）

霹靂河永遠富有青春活力、她越過無數的山巒和原野，沿途灌溉了不少田疇和菜園，果園和椰林。像風情萬種的麻河一樣，霹靂河的倩影永遠烙在人們的記憶裡。那一泓溇溇的流水，是一闋永聽不厭的壯歌！

你愛濃霧迷濛的清晨麼？告訴你，霹靂河的清晨是多霧的。當黎明踏著姍姍的蓮步蒞臨時，濃霧已經瀰漫著河面，彷彿是一個多情又害臊的姑娘，輕輕地飄舞在曙光裡。在伊士幹打橋下，在直落安順碼頭，更是舉目無極，皚皚一片霧海；迷離、縹緲，而又令人眷戀與遐思的霧海。（霹靂河的召喚）

　　你可曾留意黎明前的膠園？在山雞的啼聲裡，在百蟲的鳴叫中，一盞頭燈亮起了，兩盞頭燈亮起了，許許多多頭燈亮起了。這些掛在頭上的燈火，有點煤油的，也有燃「臭土」的，都隨著膠工無定的腳步，搖曳著、閃爍著，就像徐徐飛動的流螢。

　　我開始認識頭燈，是在八歲那年。那時我尚未進校求學，每天早上五點鐘，母親便喚醒我，草草吃過飯，便步行一哩多的泥濘小徑到膠園去。

　　那時我還不會割膠，只幫母親抹杯子和收膠液。我時常一面抹著杯子，一面凝視母親頭上那熒熒的燈火，幼稚的心靈不禁爬滿著苦惱。（頭燈）

　　從以上幾例可以看出冰谷的藝術手法的高度了。熱帶山河底風貌，園坵裡的生活，都給他描畫出來了。然而，其中是含著辛酸的。冰谷散文底特點，是小巧玲瓏之美；和魯莽的宏篇巨製大異其趣，可以互相輝映了。不過他在一些篇什裡引用舊詩詞，反有累贅之嫌；尤其是用對比寫法，如〈煙霧〉裡說城市如何鄉村又如何，是會破壞一篇作品的完整的，但願這本作品是冰谷的一個始點，來日創造出更優越的成績。

　　　　　　　　　錄自《新加坡青年》第四期，1973年10月出版

【評論二】

膠林的世界——談《冰谷散文》

符氣南

他呼吸著泥土的氣息，他生活在廣袤的膠林裡，多年了。

他孤獨，但他有一顆不寂寞的心，有一支鋒利的筆，於是，他在日子裡慢慢以筆畫出一個膠林的世界。

膠林的世界，洋溢著一片綠色的生機，充滿了泥土氣息；這裡面，有勞動者的歡樂和憂鬱，也有他們對生活的一股強烈的信心。

我們讀《冰谷散文》，就可以看到這樣一個膠林的世界。

《冰谷散文》是馬來西亞青年作家冰谷的第一本散文集，列為棕櫚叢書之二；這之前棕櫚出版社曾推出了《宋子衡短篇》。我們姑不論這些出版的書能引起怎樣的反應，單單他們那種誠懇，認真的態度和滿懷的信心，就值得我們稱讚。

冰谷寫詩，也寫散文，他是馬來西亞青年作家中寫作很勤之一位。我很欣賞他的詩，也很喜歡讀他的散文。

《冰谷散文》共收集了三十六篇散文，寫作年代大約在六一至六七年間，冰谷把書分為三輯——第一輯〈斷想篇〉，第二輯《園

坵散記》和第三輯〈夢裡湖山〉。在第一輯及第二輯中的大多數篇章，都是取材於膠林生活的，冰谷工作在膠林中，他不但對膠林的生活非常熟悉，而且對膠林有著深厚的情感，因此，當他把內心的情感和外界的題材結合起來的時候，就爆出璀璨的火花，這火花，足以感染讀者的心靈，所以剛才我說，讀了《冰谷散文》，我們就可以看到一個膠林的世界。

在〈寸草心〉一文裡，冰谷寫離家後，想念母親的那種感情是多麼真摯的。「當我踏上火車那剎那，我說不出心裡的苦楚與難受」，為了生活，年紀輕輕就得離鄉背井，到一個陌生的地方去。我們可以想像他當時心中的感受是如何的難挨呀！

「對風雨最感煩惱的，應是常在膠林裡過著貧窮而辛酸日子的膠工了。因為雨天阻礙了他們的工作，不能在橡林裡向生活張帆，只有躲在屋內對天喟歎；喟歎希望的失落，喟歎日子的陰晦。所以，多雨的季節，是一個暗澹的季節，八月風雨聲的淅瀝，就像膠工撼人肺腑的悲歎呵！」在〈八月風雨聲〉一文中，冰谷流露了一股對風雨的愁緒，也只有生活在膠林的兒女，內心才會有這樣的感受。

在一系列的〈園坵散記〉中，冰谷更細膩地描繪了膠林生活的面貌。

「園坵的生活是寂寞的。在寂寞的園坵裡，野店不只替工人平添了不少生活情趣，它同時也是一座小舞臺，每個工人都是觀眾，也是演員。我希望在三、四十年後，自己也能以長輩的身份，在野店裡向年青的一代，演述我們現時抵禦侵略的光榮史劇！」（野

店）蟄居在廣袤的園坵，距離城市一定有一段很長的路，沒有娛樂，剩餘的時間只好在野店裡打躉。

「是饗午的時刻了，秤膠棚裡，繁忙喧囂，人影雜踏，一片緊張景象；桶與桶的相碰聲，人與人的嘈鬧聲，在棚裡迴旋蕩漾。

遇到倒霉的落雨天，擾嚷忙碌的情況更甚，大家都爭先恐後，渴望先秤自己的膠液，能早點回去換掉那套濕漉漉的衣褲免得遭受風寒。這時候，不但膠工焦急，我也常常焦急，只苦了一雙手和眼睛！」（秤膠棚裡）這是膠工們生活的一個縮影。

「生活於山鄉僻壤，被城鎮遺棄的孩子雖然看不到電影電視，沒有遊樂場可湊熱鬧，缺乏許多社會文明的享受，但他們懂得利用自然環境，以及天賦的智慧，在艱困中追尋幸福，也在艱困中編寫童年」（山鄉的孩子）膠林的孩子天真爛漫，他們擁有淳樸的童心，也擁有美麗的憧憬。冰谷很了解他們，所以他對他們的智慧和堅毅有這樣的頌讚。

「橡樹落葉的季節，是生活在膠林裡的膠工一年中最辛苦的時期。儘管一些自己擁有小膠園的膠工，在這時期暫時放下膠刀，清閒一兩個月，但是，大多數的膠工都是手停口停的，他們得忍受生活的煎熬，一如橡樹忍受落葉時的痛苦一樣。」〈橡葉飄落的季節〉靠橡樹過活的膠工最怕落葉，但這是時序的嬗遞，是不能避免的變換，冰谷又何嘗不為這季節感嘆呢？

第三輯〈夢裡湖山〉中收集的都是對馬來西亞景物的素描，文筆清新可頌，感情真摯，如〈霹靂河的召喚〉、〈寧羅橋〉、〈蕉風稻舞〉等都是。

冰谷散文的優點就是在於他能注入自己深厚的感情，而且以活潑和優美的語調描繪事物。當然，這並不等於說《冰谷散文》沒有缺點存在。我覺得該書寫作的範圍狹隘了些，如果冰谷能夠擴大寫作的視野，能夠更具體及以更新的創作手法來反映現實，那麼，我相信，他的作品會更受重視。

冰谷的寫作態度是嚴肅和認真的，他說：「一篇作品之思構過程，乃萬劫不死之靈魂的蘊育。是忍受千萬寂寞的熬練向邪惡作頑強的敲擊。」又說：「我重視傳統，但並非抱殘守缺的人。我讀朱自清和徐自摩，也讀現代主義作家的創作。只有通過深入了解，才能擴大自己的視覺，進而提高作品的深度。」

是的，冰谷能寫得更好，因為他找到了正確的寫作方向，滿懷著信心。我相信他會朝著這方面不斷努力。

1973年6月4日刊於南洋商報「新年代」版

語言文學類　PG0481

橡葉飄落的季節
——園坵散記

作　　者/冰　谷
插圖提供/冰　谷
責任編輯/林千惠
圖文排版/賴英珍
封面設計/陳佩蓉

發 行 人/宋政坤
法律顧問/毛國樑　律師
印製出版/秀威資訊科技股份有限公司
　　　　114台北市內湖區瑞光路76巷65號1樓
　　　　電話：+886-2-2796-3638　傳真：+886-2-2796-1377
　　　　http://www.showwe.com.tw
劃撥帳號/19563868　戶名：秀威資訊科技股份有限公司
　　　　讀者服務信箱：service@showwe.com.tw
展售門市/國家書店（松江門市）
　　　　104台北市中山區松江路209號1樓
　　　　電話：+886-2-2518-0207　傳真：+886-2-2518-0778
網路訂購/秀威網路書店：http://www.bodbooks.tw
　　　　國家網路書店：http://www.govbooks.com.tw
圖書經銷/紅螞蟻圖書有限公司
　　　　114台北市內湖區舊宗路二段121巷28、32號4樓
　　　　電話：+886-2-2795-3656　傳真：+886-2-2795-4100

2011年1月BOD一版
定價：260元
版權所有　翻印必究
本書如有缺頁、破損或裝訂錯誤，請寄回更換

國家圖書館出版品預行編目

橡葉飄落的季節——園坵散記 / 冰谷作. -- 一版. --
　臺北市 : 秀威資訊科技, 2011.01
　　面 ;　公分. --（語言文學類 ; PG0481）
　BOD版
　ISBN 978-986-221-677-4（平裝）

855　　　　　　　　　　　　　　　　　99022923

讀者回函卡

感謝您購買本書,為提升服務品質,請填妥以下資料,將讀者回函卡直接寄回或傳真本公司,收到您的寶貴意見後,我們會收藏記錄及檢討,謝謝!如您需要了解本公司最新出版書目、購書優惠或企劃活動,歡迎您上網查詢或下載相關資料:http:// www.showwe.com.tw

您購買的書名:_____

出生日期:_____年_____月_____日

學歷:□高中 (含) 以下　　　□大專　　　□研究所 (含) 以上

職業:□製造業　□金融業　□資訊業　□軍警　□傳播業　□自由業
　　　□服務業　□公務員　□教職　　□學生　□家管　　□其它_____

購書地點:□網路書店　□實體書店　□書展　□郵購　□贈閱　□其他

您從何得知本書的消息?

　　□網路書店　□實體書店　□網路搜尋　□電子報　□書訊　□雜誌

　　□傳播媒體　□親友推薦　□網站推薦　□部落格　□其他_____

您對本書的評價:(請填代號　1.非常滿意　2.滿意　3.尚可　4.再改進)

　　封面設計____　版面編排____　內容____　文/譯筆____　價格____

讀完書後您覺得:

　　□很有收穫　□有收穫　□收穫不多　□沒收穫

對我們的建議:_____

_____

_____

_____

11466
台北市內湖區瑞光路 76 巷 65 號 1 樓

秀威資訊科技股份有限公司　　　收

BOD 數位出版事業部

⋯⋯⋯⋯⋯⋯⋯⋯⋯⋯⋯⋯⋯⋯⋯⋯⋯⋯⋯⋯⋯⋯⋯⋯⋯

（請沿線對折寄回，謝謝！）

姓　　名：＿＿＿＿＿＿＿＿＿　年齡：＿＿＿　性別：□女　□男

郵遞區號：□□□□□

地　　址：＿＿＿＿＿＿＿＿＿＿＿＿＿＿＿＿＿＿＿＿＿

聯絡電話：(日) ＿＿＿＿＿＿＿＿＿＿ (夜) ＿＿＿＿＿＿＿＿＿

E-mail：＿＿＿＿＿＿＿＿＿＿＿＿＿＿＿＿＿＿＿＿＿